新 潮 文 庫

謎好き乙女と壊れた正義

瀬 川 コ ウ 著

JN267525

目次

謎好き乙女と壊れた正義

プロローグ

「二万八千八百円」

珍しく会長が真面目《まじめ》な顔をしてつぶやいた。

生徒会室は教室棟の一番西側にある。その窓から直《じか》に差し込む西日が、僕の夏服を赤く染める。ただでさえ暑いのに、陽のあたる部分がじりじりとさらに体温を上げようとしてくる。僕は一歩横にずれて西日から逃れた。

外から学祭準備をしている人の声が聞こえる。正門前の方からだった。そこなら風通しは良いだろう。僕は、手をうちわ代わりにして、その様を想像するだけに留める。

生徒会室には、僕と会長しかいない。放課後のいつもの生徒会の後、僕だけ残るように言われたのだ。この後は学祭実行委員の手伝いをすることになっているので、あまり長い時間拘束されるのは困る。

生徒会室の最奥の席に座る会長が、書類と睨《にら》めっこしていてなかなか話し出さないので、僕が声をかけようとしたその時だった。会長が「二万八千八百円」とつぶやいたのだ。

「え？」

僕が聞き返すと、会長が手に持っていた書類を机の上に置いて頭を抱える。

「やっぱり、二万八千八百円、合わない」

「僕じゃないです。僕のアリバイは浅田《あさだ》が証言してくれますよ。あ、副会長とか怪しいですよね。今月ブルーレイ買うお金ないとか言ってましたし、あの人、前に生徒会費でUSBメモリ買ってましたしね」

「防衛本能ぎらつきすぎ……」

会長が湿り気を含んだ視線で僕を見る。

何かと僕のせいにされることが多くて。

「冗談として、それで、生徒会費の使い込みですか？」

生徒会は、イベントの運営費として年度初めに予算を与えられている。それを生徒会費という。

「違う違う。学祭実行委員に不審な点があるの」

「……学祭予算ですか」

もう明後日は学祭――紫風祭《しふうさい》だ。

すべての委員会は、生徒会が統括している。学祭実行委員会も、その例に漏れない。だから、生徒会は、学祭実行委員を監査する役目を負っている。指揮そのものは任せているが、最終決定権は生徒会が持っている。といっても、そんなものは形式上のものだ。生徒のほとんどは学校の組織図なんて知らないだろう。基本的に、生徒会は上がってきた資料に目を通して判子を押す。数年に一度上がってくる、周囲に迷惑のかかる企画や予算が準備できなさそうな企画を戻すだけである。

予算は、まず学祭実行委員が企画案、それに伴う予算案を提出。生徒会が認可し、学校が認可したら、学校から予算がおりる、という形だ。

もちろん明後日に学祭を控えた今、すでに予算はおり、使われている。

「会長、入念にチェックしてたじゃないですか」

会長は僕を恨めしそうに見て、悔しそうに唇をかむ。

「したよ。……したけど、足りなかったの……。相手は篠丸《しのまる》。もっと警戒していても良かった」

「はあ」

会長は、篠丸先輩をライバル視している。一方で篠丸先輩は、それを分かっていていても会長をからかっている。はたから見れば、会長が嚙《か》みついているだけだった。

「それで、どうして気付いたんですか？」

過去に入念にチェックしたなら、このタイミングで気付いたのには、何か理由があるはずだ。

「ここ」

会長は僕の方に紙の表面を向け、指さす。近くに寄ってその箇所を見る。用紙は学祭予算表であり、会長が指さしている部分には、模擬店・展示費の部分、「貸しテント費1,108,800円」と書かれていた。

「貸しテントは全部でいくつ？」

学校で所持している大テントが十二。足りない分を補うので――。

「八十くらいですか」

「七十二。つまり一つ当たり、一万五千四百円になるわね」

「……そうなりますね」

だいたいの検算をして答える。たぶん、合っているはずだ。

「これは去年もそうで、同じ業者を使ってる。値段も去年のまま」

「それなら問題はないじゃないですか」

「いや、問題なの。……そこが、篠丸が交渉しに行って、一万五千円になったらしい。

つまり、四百円安くなった」

「なんでそんなこと知ってるんですか……」

会長の目元が陰り、わざとらしく口端《くちは》を吊《つ》り上げる。会長がやっても妹とは違い、かわいらしいだけだった。冗談めかして、仰々しく言った。

「この世界の裏側を知る覚悟はある？」

「いえあんまり知りたくないです……」

「仕方ないから話してあげよう」

おせっかいで世界の裏側を見せられることになってしまった。

「学校お得意様の業者同士、そりゃあ仲良くなるからね。そゆこと」

会長の家は花屋だ。入学式での花束は、その花屋で注文していた。他の学校絡《がら》みのイベントでも、花を用意しているのは会長の家の花屋なのだろう。そのように、学校が使う業者は固定されている。

「なるほど……」

別に汚い話ではないのだが、お金が絡んでいるというだけで雰囲気が出る。個人的にお金は苦手だ。百万円事件の影響かもしれない。

「四百円安くなるということは、三万円くらい変わってきますね」

「二万八千八百円ね」

「……なるほど」

会長のつぶやきの謎《なぞ》が解けた。

つまり、予算の虚偽申請だ。思わず僕はしかめ面《つら》になる。なんて高校らしからぬ、なんて青春らしからぬ話だ。関わりたくない。

「……摘発できちゃいますね」

「予算で使い切らなかった金額は返納するの。だから高めに予算を申請するのはいつものこと……」

確か去年、僕の姉が学祭実行委員長だったときは、雑費で詳細を記さずに数十万円請求していた。

「今回も雑費で請求されてる。それなのに、こうやって巧妙に予算を上乗せ。これは、返す気がないお金だよ。使ったことすら気付かせないような、秘密のお金」

背筋がぞくっとする。僕にとっては何の得もないことを知ってしまった。こんな話、聞かなければよかった。僕は「なるほどなるほど」とつぶやきながら頷《うなず》いて、そのまま回れ右する。

「興味深いお話でした。それでは会長、僕はそろそろ手伝いに」

「ところで春一《はるいち》くん」

「急がないと。お疲れ様でした」

「好きな人いるの？」

その唐突な質問に、僕の体は硬直する。ゆっくりと振り返ると、会長はからかうような顔つきで僕を見ていた。

会長がわざとらしい口調で言う。

「おやおや、うぶい反応。これは好きな人がいる、の一択だね」

「いませんよ。会長は好きな人いるんですか？」

「え？　いやぁ、まあ、いないんじゃないかな……」

会長がどぎまぎし出す。視線がさまよっている隙《すき》に、生徒会室から出ようとすると、ドアの溝に指をひっかけたところで声をかけられた。

「待って待って！　もう、春一くんずるいよ」

「好きな人ってどんな人ですか？」

「え？　どんな人って……だからいな――ちょっと、出てこうとしないでよ！」

会長がいつもの会長らしくなってきたところで、彼女は咳払《せきばら》いをして、「とにかく！」と仕切りなおした。

「その、春一くんの好きな人と一緒に、模擬店なんかまわると素敵だと思うよ。ついでに各模擬店・展示の請求書なんか集めたりすると、相手は春一くんにメロメロだよ」

篠丸先輩が作った金。用途不明のそれが、二万八千八百円だけだとは考えにくい。他にもあるかもしれない。それをチェックするために、各模擬店・展示から直接請求書をもらい、生徒会が集計。予算案と照らし合わせるということだろう。普段は抜けている印象がある会長だが、篠丸先輩が相手となると急に鋭くなったりする。

もちろん、僕はそんな歪《ゆが》んだ青春と関わるのはごめんだった。

「僕の相手はヤキモチ焼きなんで、注意が他に向くと不機嫌になって僕の寝顔写真が女子の間で出回ったりするので請求書集めはできません。お断りします」

「一石二鳥だね」

「どこがですか」

「女の子は男子のかわいいところにも魅力を感じるんだよ。寝顔はプラス。モテモテだね」

「それは相手を好きだった時限定の話です」

「春一くんがネガティブなだけ」

そう言われて少しだけ僕は考える。

「……まあ、確かに僕は、疑り深くて物事を悪い方向に考えがちですけど……」

会長が意外そうに目を丸くして、僕から視線を逸《そ》らさずに言った。

「春一くんが自分のこと客観視してる……」

そんなに意外だったろうか。まあ、確かに少し前の僕なら自分がどういう人間かなんて、そんなことを真正面から受け止めようとはしなかっただろう。

「なんにしても、僕は当日、模擬店のシフトがありますので。残念ながら請求書を集め回るのは無理です」

「あれ？　宣伝係で、一日中シフトはないはずでしょ？」

会長が一枚の紙切れをつまんでひらひらさせていた。それは僕のクラスのシフト表だった。学祭委員に提出したものだが、生徒会までまわってきていたのか。

「よろしくね」

僕は頭をがしがしと掻《か》く。

こういう瞬間、ふと、早伊原樹里《さいばらじゆり》とこの人が姉妹なのだと思い出すのだった。

一章

宣伝されている模擬店が存在しない理由

1

日陰になっているベンチに座っているだけでじっとりと肌に汗が浮かぶ。例年より気温が高い七月。それもあるだろうが、この格好に大きな原因がありそうだ。僕は着なれない服の襟をつまんで前後させ、体に新鮮な空気を送り込む。

目の前、正門前には、通路を作るようにずらりと模擬店が出店されていた。焼きそば、たこ焼き、フランクフルト、からあげ等、王道のものから、チュロス、アイス、クレープと甘味まで多種揃《そろ》っている。

客引きの張り上げた声が雑踏に混じって聞こえてきた。品がかぶっている模擬店もあり、ただでさえ激戦区である正門前は、さらに白熱しているようだった。正門からは次々とパンフレットを手にした人が入場し、客引きに声をかけられていた。

少し離れたところにステージもある。そこではショートコントが行われているようだった。司会が人前で話すことに慣れていないのか、紙を読み上げるだけの存在になっている。完全に人選ミスだった。

生徒数約千人。地域の規模からしたら大きな高校である藤ヶ崎《ふじがさき》高校の文化祭──紫風《しふう》祭《さい》は一大イベントとなる。土曜日開催のため、他校の生徒も集まり、午前中から大変賑《にぎ》わっている。

一般入場が始まる九時半少し前から列ができるほどだった。しばらく正門前の混雑は続くだろう。

僕は少し離れたベンチで、正門前の賑わいを眺めながら、暑さに耐えていた。

ベンチは生徒用玄関の方へ向かう通路の横、建物の影になるように設置してある。生徒用玄関から正門に向かう最短の道のりなため、この場所は、いつもなら生徒の行き来が激しい。

しかし、今日は違う。

主に、校舎に入る玄関口は二つある。生徒用玄関と正面玄関だ。

生徒が正面玄関を使うことはない。なぜなら来客用だからだ。しかし、学祭中は、正門前の模擬店前への行きやすさ、大きいものを運搬できる広さなどの利便性から、ほとんどの生徒が正面玄関を使う。だから今日に限って、このベンチの横を通る生徒はあまりいない。

　ここを通るのは、人混みを避けつつゆっくり会話を楽しみながら学祭をまわりたい人くらいだろう。つまり、僕の横を今まさに通り過ぎようとしているカップルのような人たちである。

「紙ふぶき、見つけられた？」

「いいや、見つけられなかったよ。ミキにあげたかったんだけど……」

　隣を通り過ぎるカップルの会話が聞こえてくる。

「もう、私達、付き合ってるじゃない」

　彼女の方がくすくすと笑う。彼氏がそれにどんな反応をしていたかは、通り過ぎてしまったのでわからなかった。

　ざっと正門前を見渡す。

「……多いな」

　カップルである。もしくは、カップルになる前の男女の組だ。

　学園祭というのは、準備が醍醐味《だいごみ》だと思う。一つの作業を集団で行わなければいけないため、普段は仲良くない人と仕事を共にする状況になる。

　少数で遅くまで作業していたら話もするだろう。そこで意外な共通の趣味が見つかって大盛り上がり。もしくは、製作物が本番までに間に合いそうにないときに、普段は頼りない奴《やつ》が颯爽《さっそう》と登場し何とかしてくれて株が急上昇。あるいは、元から好意を持っていてたまたま同じグループになり、これを機に急接近。

いずれも学祭を一緒に回って締めのキャンプファイヤーで告白、の流れである。

なんという青春。羨《うらや》ましい限りだ。一方で僕は、主に学祭実行委員の浅田と二人で行動していた。学祭実行委員会には、生徒会の一人が派遣される。それが今年は僕だったのだ。学祭準備期間中は暇なので、丁度良かった。浅田の金魚のふんである僕にはそうした青春は縁のない話であった。

こうやって紫風祭当日、人混み離れたベンチに座って涼んでいるのが関の山である。遠目に通り過ぎる男女の組を眺めていたら余計に暑くなってきた。襟を細かくぱたぱたと動かす。

襟を動かすたびに、首から下げている段ボール製の手作り看板が腹部に当たる。それが鬱陶《うっとう》しかったが、これを取り払ったら役目を放棄したことになってしまうので、僕は小さく息をつくだけでそのままにした。

それにしても。

さきほどのカップルの会話。紙ふぶき、と言っていた。紙ふぶき。そんな話もあったっけ。

ぼうっと思い出していると、生徒用玄関の方からさきほどとは違うカップルがひょっこりと現れた。男子は右肩に鞄《かばん》をかけ、コーンに二段積まれたアイスクリームを右手に持っていた。女子の方が、ベンチに僕がいるのを見て、表情を曇らせた。

「うわ……」

嫌悪《けんお》の感情がそのまま音となって漏れ出たような声だった。僕、あなたと話したことないんだけど……。

その女子は隣のクラスの女子生徒だった。主にバスケ部で構成される大きな女子グループに属している。

一方で男子はサッカー部の先輩だった。男子の方は苦笑いを浮かべているだけで、何も言わなかった。僕に興味がないのだろう。

「……」

カップルの威圧感は、他とはくらべものにならない強制力を持っている気がする。二人の幸せのために協力しないとまるで自分が悪者になった気分になる。

お幸せに、と心の中で呟《つぶや》いて立ち上がろうとしたその時、ベンチがぎしりと音を立て、板がゆがんだのを感じた。僕の隣に誰か座ったのだ。驚いて隣を見ると、智世《ともよ》さんだった。

「矢斗《やと》くん……、ようやく見つけたよ……」

ななめに腰かけ、疲れたと言わんばかりにぐったりとうなだれる。息を切らしている。走って探していたのだろうか。

我利坂《がりざか》智世。

肩下まで伸ばした髪。その毛先にはランダムパーマがかかっている。近くで見ると肌のきめ細やかさが分かる。そのままでも十分栄《は》えるのに、その上に薄くファンデーションを塗っていた。シャツの襟はまぶしいほどに白く、リボンもきっちりと左右対称に結んである。どこを見てとっても、きちんと手入れがされている。それが、毎日早伊原《さいばら》が世話をしている生徒会準備室の花を思い起こさせた。

さきほどのカップルの男の方が智世さんをじいっと見ていると、隣の女子が男の服の裾《すそ》を引っ張った。それにより男ははっとして、二人は生徒用玄関の方へ戻っていった。

智世さんは息を整えて、大きな瞳《ひとみ》で人なつっこい笑顔を浮かべる。

「矢斗くん、その格好やっぱり似合ってるね」

「……どうも」

僕は現在、吸血鬼の格好をしていた。と言っても襟の高いシャツに黒いマントを羽織っているだけである。僕のクラス、二―三はお化け屋敷喫茶をやっている。その宣伝だった。

お化け屋敷喫茶とは、フランケンシュタインや吸血鬼などの怪物や幽霊に扮した生徒が飲み物や甘味を運ぶ模擬店である。

お化け屋敷という観点から、クーラーの設定温度を規定の二十六度から三度低い、二十三度にする許可をもぎとった。この涼しい空間こそが二―三、お化け屋敷喫茶の強みである。僕が首から下げている看板にも、「23℃！」と、効果線で囲まれて強調してある。

智世さんが笑顔を崩して視線を斜め上に向け、こめかみを人差し指でかく。

「あ、もしかしてもしかして……今、カナちゃんいたりした……？」

さっきの女子のことだ。下の名前はあいまいだが、カナという名前だった気がする。頷《うなず》いておく。

「北村先輩といたよね？　邪魔しちゃった……どうしよ……」

智世さんは不安げな表情で僕を見上げる。

「別にアイス食べる場所探してただけでしょ。そんな気にしてないと思うよ」

「そうかな……？」

「してないよ」

そう言うと、智世さんは「そうだといいな」と笑顔を浮かべた。

「ありがとう。矢斗くんって優しいね」

笑顔を深めてそう言う。僕はシャツの襟をつまんでぱたぱたと動かしながらそれを一《いち》瞥《べつ》して、「いえいえ」と返した。

僕は、智世さんと話すのは、他の女子と話すのより慣れていた。彼女は、以前、生徒会役員で、数か月一緒に仕事をしていた。

「あの二人付き合ってるの？」

「いや、まだ付き合ってないよ。……あ、でも今日のキャンプファイヤー後には付き合ってるかなー。……もしかして、狙《ねら》ってる？」

僕を見て表情を歪《ゆが》める人に好意を抱いたりするほど僕はスペシャルではない。

「いいや。手繋《つな》いでたみたいだったから。付き合ってるのかなって」

そして、付き合っているのなら、問題だな、と思っていた。

男の方は、智世さんに対して特別な視線を送っているように見えた。おそらく、男が本当に気があるのは、智世さんの方だ。何があったのかは知らないが、次に気があるカナちゃんとやらと過ごすことにしたのだろう。未練があるのに付き合ったとしても、うまくいくはずがない。

だけど、僕はそんなことを言ったりしない。これは、あくまで僕の憶測でしかないからだ。

「……うん？」

智世さんが人差し指を、リップグロスを塗った唇にあて、こてんと首をかしげる。

「手繋いでた？　そうだったかな？」

「いや、こっちに来たときにはもう繋いでなかったよ。生徒用玄関の方はあまり人はいないけど、こっちは人が多いからね。人目を憚《はばか》ったんだろう」

「……うん？」

智世さんの首の角度が一段深くなった。

「じゃあ矢斗くんは手繋いでるところ見てないんじゃないの？」

「見てないよ」

智世さんの頭上にはハテナが次々と浮かんでいた。仕方なく答える。

「……先輩の方が、右肩に鞄をかけて、右手にアイスを持っていたから。僕だったら、右肩に荷物をかけて何か持つなら左手で持つ。しかも今回、持ってるものは二段アイスだ。肩から荷物がずり落ちてきたらアイスを落としてしまうかもしれない。なおさら、左手で持つのが自然。それなのに、右肩に荷物をかけて右手でアイスを持っていた。何か特別な事情があったんだろうって思ってね。カナさんの方は左手に鞄を持っていたのを見て、手を繫いでたんだろうと思った」

ここまで何かを丁寧に説明したのは久しぶりな気がする。早伊原と会話することが多いからだろう。僕と早伊原なら「手繫いでたんだな」「みたいですね。やっぱりカップルは手を繫がなくてはいけないようです。こんなこともあろうかと昨日手袋買っといて本当良かったです。これで手繫げますね」とか、そういう会話になるし、後半に至ってはさっき実際に言われた。これくらいの推理・類推は言葉にして言うまでもないことであって、よって無駄話の方が多くなる。

智世さんは目をしばたたかせて、視線をゆっくりと左に逸《そ》らした。

「……へー！　すごいね矢斗くん！」

理解していないようだった。もう僕にはどう説明したらよいか分からなかった。

「矢斗くん、頭良いもんね」

「そんなことないよ」

「頭良いって女子の中でも噂《うわさ》だよー？　学年二位が何言ってるの」

なんでだろう。女子の中で自分が噂って、恐怖しか感じない。

学年二位は、中間テストの総合順位だ。今までで一番の好成績なのだが、一年で学年一位をとった早伊原に散々馬鹿《ばか》にされいじり倒され、苦々しい思いしか残らなかった。

「頭良い人ってかっこいいよね」

どこか遠くを見るように、微笑《ほほえ》みを浮かべながらそう言った。文脈から、僕のことを好きなように聞こえるが、違う。誰にでもこの態度だ。見惚《みと》れそうなほど絵になるその横顔をちらりと見て、言う。

「たしかに浅田、頭良いよね」

智世さんが浅田に一番アタックをかけているというのは見ていれば分かった。

「え？　あぁ、浅田くん？」

智世さんはどぎまぎして、「いやまあ」とか「今はそういう話じゃなくて」とか、ぶつくさと言っていたが、僕がそれを遮る。

「それで、何の用？」

智世さんは、はっとしたように目を見開いた。

「そうそう！　見回りの報告。生徒会にしなきゃいけないでしょ？　だから矢斗くん探してたの」

見回りとは、倉庫や使わない教室の戸締りの確認である。生徒会が監督し、学祭実行委員が行う。だから、生徒会への報告が必要になる。

「……メアド、教えてたよね？　メールで報告してくれればいいよ」

「何回か送ったんだけど、電波悪くて、直接の方が早いかなって」

「あぁ」

藤ヶ崎高校は、携帯の電波が弱い。ＬＴＥが立つことが珍しいほどだ。学祭の日は人が多いからつながりにくいという、真偽不明の噂がある今日、メールを数度試して、早々に諦《あきら》めてしまったのだろう。

それでも学校中心部は割と入るので、このベンチにいる限り、携帯は使える。

「第二講義室が開いてたから閉めたよ。あとは特に大丈夫だったかな」

第二講義室は、講義室という名前こそついているが、実質、学祭関係の倉庫になっている。今日は人の出入りがある程度あるだろうから、鍵《かぎ》のかけ忘れは想像できた。

「それと、駐車場の方の倉庫は作業してたみたいだから、鍵かけるように言っておいたよ」

「了解。お疲れ様」

智世さんは「ありがとう」と微笑む。

「はい、じゃあこれ」

そう言って智世さんはポケットからマスターキーを取り出す。学校施設の鍵はこの一つで全《すべ》て代用できる。僕はそれを受け取り、なくさないようにポケットの奥深くに押し込んだ。

「あ、そういえば、太ヶ原《たがはら》先輩見なかった？」

「太ヶ原先輩？」

学祭実行委員の模擬店を見る。篠丸先輩はいるが、太ヶ原先輩はいない。実行委員長は忙しい。それに比べ、副委員長はあまり仕事があるわけではない。少し人前に出る仕事が多いくらいで、どちらかというと普通の学祭実行委員と同じ扱いに近い。自分のクラスのシフトに入っているか、委員の雑務をしているのだと思う。

「見てないな」

携帯で呼び出せばいいんじゃないか、と言おうとしたが、智世さんは「そっかー」と残念そうに一瞬うつむいてからすぐに立ち上がる。

「それじゃあ、また！」

彼女は早歩きで学祭実行委員が出店している模擬店に向かっていった。そこには浅田がいた。餃子《ぎょうざ》を作っているようだった。

智世さんは浅田に笑顔で声をかけ、三角巾《きん》とエプロンをして、浅田の隣で手伝いを始めた。浅田に、人なつっこい笑顔を向けて話しかけている。浅田はフライパンを見ながら、それに答えているようだった。

どうして智世さんが、あんなに息を切らして僕を探していたのかが分かった。

智世さんの相手を終え、息をつく。時計を見ると、十時だった。

「遅い……」

そうつぶやくと同時に、正面玄関の人混みの中から、見慣れた人影が人の間をすり抜けるようにして出てきた。器用に大量のプラスチック容器を抱えている。人混みの何人かが彼女を振り返る。そして数秒見つめた後に視線を元に戻していった。彼女は背中に視線を集めやすい人だった。肩あたりまで伸ばした髪を小刻みに揺らしながら、僕の元へ小走りで駆け寄ってくる。ここまで来て急ぐのは彼女らしくないが、さすがに僕が怒っていると思い、焦《あせ》ったのだろう。

「あれ？　春一《はるいち》先輩じゃないですか。何してるんですか、こんなところで」

「…………」

早伊原樹里《じゆり》は僕との間にプラ容器をゆっくりと一つずつ置き、座る。彼女を横目で見る。線の細い輪郭に、ふとした瞬間に鋭い眼光を放つ若干の吊《つ》り目。どの角度から見ても容姿の整い具合は変わらなかった。

「何をしていたと思う？」

「もちろん、太陽の下に出たら死んでしまうというあれを再現しているんですよね。先輩、名役者ですから」

早伊原が僕の格好をまじまじと見つめる。僕は鼻を鳴らして答える。

「確かに最近、身近に良いお手本がいるから作り笑いがうまくなってきてはいるが、今回は残念ながら演技の一環じゃない」

「違うんですか。難しいですね……。開幕一番の、どれもが作りたてのおいしい食べ物たちを前にして、日陰のベンチに座り続ける理由……謎《なぞ》ですね」

顎《あご》をさする早伊原を、睨《にら》み付ける。

「早伊原、三十分前のことを覚えているか？」

「そんな昔のこと覚えていません。三十分と言えば千八百秒ですよ。ということは百八十万ミリ秒にもなります。まあ、そんなことはどうでもいいんですが、先輩――」

ここまで無駄なミリを初めて聞いた。僕は我慢ならず彼女が話を進めようとするのを遮った。流されてたまるか。

「いいか、僕と君は一緒にいた。そこで君はこう言い出したんだ。『お腹《なか》ペコいです。何か買ってきてください』と」

早伊原がプラ容器の一つを手に取り、からあげをかじって飲み込んでから口を開く。

「なるほど。男の頼られたいという欲求を、誰でも叶《かな》えられる買い出しという簡単な作業を任せることによって満たしてあげてるんですね。我ながらかわいくて良い子です」

無視して続ける。

「僕が『どうして僕が買いに行かなきゃいけないんだ』と当然のことを言うと、『彼女に買い出しさせてるなんて、周りから冷ややかな目で見られますよ?』と理不尽に言い返されたわけだ」

「この話長いですか?」

早伊原が腕時計をちらりと見て言うが、無視して続ける。

「僕が『ぜひそうしてほしいね。ほら、買って来いよ』と当たり前のことを言うも、君はまだ何か言い返していた。が、これ以上のやり取りは無意味だと思って僕は、君に強引に千円札を握らせ人混みの中に押し込んだ。最後に僕は『喉《のど》が渇いたから飲み物頼んだ。ベンチで待ってる』と言った」

「へえ、なるほど」

早伊原はそれを聞き流しながら焼きそばを頬張る。

「それから三十分。携帯を見ても連絡は入っていない。あまりにも長い。ようやく君が戻ってきたかと思うと『あれ？　先輩じゃないですか。何してるんですか、こんなところで』とか、今初めて会いましたみたいな反応をしてくる。抱えてるプラ容器の数から考えるに、渡した千円を全部使っている。しかも頼んだ飲み物もない。……千円返せ」

「そっちのただの言いがかりじゃないですか。証拠不十分で不起訴です」

今度から早伊原にいくら頼まれても金を貸すのだけはやめようと決意した瞬間だった。

「でも私は優しいので分けてあげますよ。サンドウィッチあげます」

「いらない。喉が渇いているのを知っているのにパン系のもの勧めんな」

早伊原は何食わぬ顔でチュロスの最後のひとかけらを口に放り込む。

「……さっきから気になってたんだけど、食べ過ぎじゃないか」

早伊原は愛《いと》しい物を見るかのようなふわりとした優しい笑みを浮かべた。

「心配してくれるんですか？　でも大丈夫ですよ。私は太らない体質なので。心配してくれてありがとうございます」

「そういう意味じゃない。僕の金で食べ過ぎって言ってんだよ」

絶対に分かって言っている。早伊原は何かに気付いたように手を打つ。

「なるほど。食べさせて欲しいんですね。まったく、そんな遠回しな言い方しなくても」

　早伊原がたこ焼きの容器に手を伸ばした。ので、それを阻止し、自分でたこ焼きの容器を取り、一つ口の中に入れた。

「もう、何するんですか。『あーん』してあげようと思ったのに。私、クラスメイトに『春一先輩は甘えたがりで身の回りの世話をしてあげるととても喜ぶ』って言ってあるんですから。皆にちゃんとその素振りを見せてください。それに先輩、切望してたじゃないですか」

「絶望はしている」

　一年生の間で僕は一体どんなイメージになってしまっているのだろう。一年生ともう話せないと思いながらたこ焼きを咀嚼《そしやく》する。

　なんにせよ、僕がここに縛られる意味はもうなくなった。せっかくの学祭だ。いろいろ回って楽しもう。

「……」

　そう思ったときに、会長の言葉が思い出された。

　二万八千八百円。

　僕は、学祭予算について調査しなくてはならない。ため息をつきたくなる。

「どうしたんですか、春一先輩。美女といるのに浮かない顔して」

早伊原が僕の顔を覗《のぞ》き込んでくる。こいつの自信はどこから湧《わ》いてくるんだろう。

「そんな春一先輩に朗報で――」

「僕はそろそろ行くから。じゃあな」

遮って立ち上がる。さっきから彼女が話を進めようとしているのは分かっている。だが、付き合うわけにはいかない。

学祭予算のことは、ただ各模擬店・展示をまわって請求書を集めろと言われただけだ。根本的なことを調べろと言われたわけではない。それでは、ぱっぱとすべての請求書を集めて、その後は普通に学祭を楽しもう。

僕が立ち上がった瞬間、首が締まる。マントが引っ張られたのだと遅れて気が付いた。僕は体勢を崩して再びベンチに座らされる。咳《せき》こみそうになるが、刃物を喉に押し付けられたような緊張感に息が止まり飲み込んだ。目だけを右に動かすと、威圧を伴った笑顔を浮かべた、早伊原の顔が真横にあった。

「学祭です。一緒にまわりましょう」

話を進められてしまった。こうなることは、もちろん予想していた。

僕と早伊原は恋人関係を偽装している。不仲だと思わせるような行動をすると、早伊原に男が群がり始める。それを彼女は避けたいのだ。早伊原が僕と一緒にいる理由の、二つのうち一つだった。

「……僕は生徒会役員だ。忙しいことは皆知っている。僕らが一緒にまわっていなくても、不仲だと思うやつはいないだろ」

「三十分待ちぼうけをくらってもちゃんと待っててくれるとか、忙しさここに極まりですね」

自白だ。しかし追求してもかわされるので先に進める。

「飲み物を買ったおつりを待っていただけだ」

「確かに不仲だと思う人はいないかもしれませんが、それより大事な理由があります」

早伊原はうっとりとした表情を浮かべて言う。

「謎です」

これが、彼女が僕と一緒にいるもう一つの理由で、最大の理由だ。そして、僕が早伊原と一緒にいたくない理由でもある。

「せっかくの学祭だ。模擬店とか展示とかまわればいいだろ。普通に青春しろよ」

「ええ、では一緒にまわりましょう」

「……君がいると普通の青春にならないから言ってる」

どうせ謎を見つけてきて真相を暴《あば》こうとするのだ。僕は謎を葬り去りたい。僕とは無関係なものと処理して、普通に学祭を楽しみたい。

ただでさえ、僕は学祭予算絡《がら》みの、送るべき青春とはかけ離れたものを何とかしなきゃいけないのに、ここで追加で早伊原なんてことになったら、僕の青春像からはるかにかけ離れた学祭になってしまう。

「先輩の『体質』、期待してますよ」

僕の、謎に巻き込まれる『体質』。僕を青春から遠ざけるものだ。

「あのな、確かに僕はよく謎に巻き込まれる。でも、君と一緒にいるようになってから、倍以上謎に巻き込まれてる。君自身が原因のこともあるし、君が持ち込んでくることもしばしばだ。僕の『体質』の影響なんて、ごく一部。君は一人でも謎を見つけられる」

これは事実だ。早伊原が入学してきて、今までよりもよっぽど謎に巻き込まれる。ほぼ全《すべ》てが早伊原絡みだと言っても過言ではないだろう。

プロポーズ事件は早伊原が起こしたし、匿名《とくめい》メール事件も早伊原と僕が一緒にいなければ起こらなかった。

「でも、先輩と一緒にいた方が、謎に出会えるんですよ」

「説得力がない」

僕が立ち上がると、今度は腕をつかまれた。早伊原が少し考えるように一瞬目を逸らして、続いて僕を見据えた。

「じゃあ、証明しますよ」

――先輩と一緒にいる方が、謎に出会えるということを。

2

「今から三十分以内に謎が起きたら、私の勝ちです。私と一緒に学祭をまわってくださ い」

早伊原は真顔でそう言う。三十分以内に謎が発生する確率はどれくらいのものだろう。そうとう低いはずだ。

しかし、相手は早伊原。気軽にこの賭《か》けに乗ってはいけない。僕は周囲を観察する。学祭テントに群がる人々。他校の生徒の制服。模擬店の勧誘で着ぐるみを着ている生徒。あわただしい司会のもとで進むステージでのショートコント。特に謎らしい謎はない。この勝負を受けた瞬間に謎を提示されることはなさそうだ。

早伊原の目を見つめる。瞳《ひとみ》の深奥《しんおう》には黒い何かがあるだけで、何も読み取れない。僕は口の中が乾くのを感じた。

ここで早伊原と別行動をとるには、やはり何らかの形で見せる他ない。その点で、早伊原が圧倒的に不利なこの賭けは魅力的だった。

が、相手からの提案を丸呑《の》みするのはいただけない。

「五分」

「十分で」

ずいぶんとあっさり三十分を崩した。なんだか釈然としないので追加要求することにした。

「十分間、このベンチから動かない」

今度は即答とはいかず、早伊原は数瞬考える。

「分かりました。それでいいでしょう。じゃあ今から始めますね」

早伊原が左腕の袖《そで》をめくり、腕時計を見る。

「待て、確認だ。十分間ここに座っていて、謎が起きなかったら、僕と一緒に学祭をまわるのは諦めろ。もし発生したら、一緒に学祭をまわる」

「それでいいですよ」

そう言って、再び腕時計を見る。

「十時十二分スタート」

そう言って早伊原は特に表情を変化させず、正門前を眺めているようだった。正門前はずいぶんと人が減り、人混みのピークは過ぎたようだった。

早伊原の視線を良く観察すると、彼女が見ているのはその正門前の様子ではなく、正門に一番近い模擬店である、学祭実行委員の模擬店のようだった。

目を凝らして見る。智世さんと浅田はせっせと手を動かしつつも楽しそうにしゃべっているだけだ。

早伊原は、この二人が気になるのだろうか。何か、謎があるのか？　僕が見落としていた？

しかし、いくら観察してもおかしいところは見当たらない。

浅田と智世さんが、一緒に行動しているのはよく見かけた。この二人と篠丸先輩が実質的に学祭実行委員会を切り盛りしている。

学祭実行委員は前夜祭班や、アーチ製作班など、班に分かれて仕事を分担する。浅田も智世さんも班長をやっている。実際に指示を出していたのはこの二人が多かった。僕は生徒会から派遣された監査員として、学祭実行委員の手伝いをしていたので、学祭準備期間中の雰囲気はよくわかった。

「先輩」

早伊原の声でどきりとする。早伊原の視線の先は、正面玄関に向いていた。そこから、人がぞろぞろと出てくる。手には、折り畳み式の看板を持っている。ベニヤ板でできており、一人あたり二つ持っていた。ベニヤの上に紙が貼《は》ってあり、そこには模擬店・展示の宣伝がしてあった。

「宣伝用の看板か」

「みたいですね」

正門前の模擬店は、道を作るように店を連ねているが、正面玄関までは続いていない。

看板は、来客者を順路へ導くことを目的に、模擬店が途切れたところから正面玄関までの間に置かれるものだった。もちろん、看板には模擬店・展示の宣伝を書き、有効活用している。

「先輩、謎を見つけましたよ」

早伊原の声音で、彼女の表情がすぐに予想がついた。僕は腕を組んで、手のひらに汗が浮かぶのを感じながら答える。

「どこに謎がある？」

看板を運んでいるのはどうやら一年生のようだ。看板を持ったまま右往左往した後、模擬店にいる智世さんのもとへ行き、何やら話している。他の一年は、ぼうっとその一人を見ていた。智世さんが手をとめ、身振り手振りで何かを説明すると、看板を持った一年の一人が戻ってきた。そして並べ始める。

僕にはそこに、謎を感じられなかった。

「謎ですよ」

「どこが？」

ただ学祭実行委員の一年が看板で道を作っているだけだった。

「よく見てください」

目を凝らして看板の宣伝の一つを確認する。一—五のアイスクリームの宣伝が書いてあった。早伊原が、僕のポケットから、丸められたパンフレットを取り出し、中をぺらぺらとめくる。

「ほら、これ」

早伊原が開いたページは模擬店の案内のページだった。一―五は、お菓子の家をやっているらしい。

隣の看板を見る。一―六が映画を上映していることになっているが、パンフレットでは展示をやっていた。

他のをいくつか確認するも、すべて異なっていた。

目が乾く。目をしばたたかせ、視線を落とす。続いて喉に溜《た》まった空気を吐き出した。

早伊原が体を傾け、僕の視線の先に回り込む。前髪が重力に引かれ、白い額をあらわにした。早伊原樹里はにんまりと口元を歪め、満足げに、小悪魔の微笑みを浮かべた。

「出されている看板の宣伝が、実際の模擬店と違います。これは謎ですね」

3

焦りから一瞬思考が止まるが、すぐに再開させる。唇をなめ、早伊原の目を見つめ返す。

「謎？　ただの疑問だろ？」

謎とは、考え、行き詰まり、さらに考え、意外な答えを導き出せるような、彼女に興奮を与えるものを意味する。

僕の青春を守る方法は一つ。疑問を、謎としないことだった。疑問で留めるには、これにすぐに妥当な答えを与えなくてはならない。

早伊原はそんな僕の考えを読んだのか、「面白い」と言いたげな笑みを浮かべた。

「間違えて去年のものを出してきただけだろ」

一年は運び出しに夢中になっていて、看板の中身にまでまだ意識がいっていないのだろう。誰も気が付いていない。置かれている看板の順番もめちゃくちゃだ。

「去年のものを？　藤ヶ崎高校では、学祭で使ったものをすべて処分すると聞いたんですが」

早伊原が即答する。僕はそれにかぶせるように言う。

「それは紙類だけだ」

藤ヶ崎高校では、開会式で散らせる紙ふぶきに、去年の学祭の紙類を利用する。伝統に敬意を払い、先輩への感謝の気持ちを表すためらしい。

「ベニヤの看板は毎年再利用なんだ」

「妥当ですね。でも、それなら、なおさらおかしいですよ。ベニヤの上に紙が貼ってありますよね？　今年も同じベニヤを使うのなら、どうして今年の宣伝ペーパーに交換してないんでしょう？」

「えーと……」

早伊原のまくしたてるような早口に、僕の思考が焦り始める。

「この数の看板……七十ほどありますね。紙の貼りかえをするには時間がかかります。昨夜のうちに交換しておくんじゃないですか？」

その通りだ。僕は昨夜、泊まり込みの作業はせずに早々に帰ったために、作業の全貌《ぜんぼう》は知らない。しかし、篠丸先輩が看板に関する作業を、太ヶ原先輩に指示出ししていたような気がする。通りかかったときに、ちらっと聞いた感じでは、そうだった。

あの篠丸先輩のことだ、すべての準備は昨夜のうちに済ませているはず。去年のように、トラブルもなく、学祭の準備はスムーズに行われていた。貼りかえが未《いま》だに行われていないとは考えにくい。去年の看板など、今日、存在すらしないはずだ。

でも、目の前には現に貼りかえられてない看板がある。

「難しいです。ねー？　先輩」

早伊原が目を細める。

まずい。このままだとこれが謎になってしまう。何とかこの場で解かなければ。「あー、えっと、次の方たちの準備が整っていないようで……」と、繋ぐ気のない司会の声が、僕の思考を邪魔してくる。とりあえず喋《しゃべ》らなければならない。あまり考えると、これは謎になってしまう。

推理と現実が矛盾する。何かが違っているのだが、何が違っているのか、このアプローチからだと発見できなかった。別の視点が必要だ。矛盾が生じているのなら、他にもほころびがあるはずだ。考えろ。観察しろ。おかしいところは——。手を組んで親指を見つめ、集中する。ふと、腕時計の秒針の動きに目が反応した。

時間。

なんで、この時間に看板を運んだ？　一般客入場前でよかったはずだ。これは宣伝効果も兼ねている。入場の瞬間が一番混雑するのに、そのタイミングを外したのはなぜだ？　去年は入場前には看板も並べてあった。何かの作業が遅れていたから？　違う。そもそも貼りかえられていないのだから、作業は存在していない。この時間になったのは何か原因があるはずだ。

……あった。

「去年、入場が始まって、混雑で人混みから押し出された父兄が、看板に足を引っ掛けて転んだ。怪我《けが》をして問題になったんだ。だから今年は、混雑が緩和されてから、看板を並べることになった。怪我対策の一環として、ベニヤそのものも変えたんだろ」

「なるほど……段ボール製とか、確かにありでしょうね」

この可能性が一番高く、合理的で説得力がある。

妥当な推理はできたが、最後の早伊原の発言から五秒間ほど空白ができてしまった。五秒は、早伊原が僕の答えを推理して備えるには十分な時間だった。

「去年までのベニヤを使うのはやめにして、たとえば、段ボールを使うことにした。当然、その段ボール製の看板はもう準備されて倉庫にあるはずです。……じゃあ、どうして間違ったんでしょう？」

近づいた。疑問もシンプルで、本質的になってきている。そしてだからこそ、難しい。

「…………」

考えるが、どの可能性も確定できない。不自然さが残る。思考が追い付かない。

「一年が運んだから……」

一年が運んだから。単純に取り違えたから。それは何の理由にもなっていない。一年は学祭を経験していない。看板を出すことを知らない。それなのに、こうやって看板を運んできているということは——。

「理由になりません。学園祭が初めての一年生には誰かが指示を出したはずですよね？『どこどこにある看板を持ってきて』と。それなのに、どうして間違えたんでしょう？」

「…………同じ言葉でも受け取る人間によって意味が変わる。おそらく、指示を出した人間は、『倉庫から看板を取ってきて』と言ったんだ。倉庫と言えば、普通は駐車場の倉庫を思い浮かべる。一年はまだ知らないが、学祭で物品を管理している人に言わせれば、倉庫と言ったら、第二講義室なんだ。そこに齟齬《そご》があった。去年のものであるベニヤの看板は駐車場の倉庫にあった。一方で段ボールの看板は第二講義室にあった。だから間違えたんだ」

倉庫、という場所の認識に、一年と二年では差があった。合理的ではないだろうか。

「そしたら、また別の謎が生まれます」

「……何？」

「考えてみてください。先輩がそんなあいまいでいい加減な指示を出されて仕事を任されたらどうします？　順を追って言ってみてください」

「……仕事を任される。それを実行する。分からないところがあれば聞いて、指示した人に完了報告をする」

「そうです。さっきの一年生は、誰に話をしに行っていましたか？」

智世さんだ。

……なるほど。

僕は全体の会議に出ていた。それなのに、看板の材質が変更になったことを知らなかった。何より、さっきベニヤの看板を持った一年生が、智世さんに何かを聞きに行ったとき、彼女はその看板が目に入っていたのに何も言わなかった。ベニヤの看板に何の疑問も覚えなかった。智世さんは看板の仕事担当ではないのだ。

つまり、智世さんは指示を出した人間ではない。

それなのに、一年はなぜ智世さんに聞いたのだろうか。あそこには浅田もいた。仲が良かったから。話したことがあるから。一番近くにいたから。話しかけやすいから。きっとそんな理由だろう。

つまり。

「ここに指示を出した人間はいない」

看板を出す専門の班なんてない。看板を運んでいた一年の数も十五人以上はいる。こんなに多くの一年を抱えた班は存在しない。つまり、全体での指示出しだ。

「そうです。先輩の言っているように、一年生が誰かの指示を受けたとして、じゃあどうして、一年生は指示を出した人に報告しに行かないんでしょう？」

「………」

指示を出した人間が、別の場所にいる。さっきのは、一年生が智世さんに指示を出した人に連絡してくれるよう頼んだ？　どうして自分で連絡をしない。指示を受けたのなら誰か連絡先くらい知っていそうだ。知らなかったとして、それならどうして直接言いに行かない。

わっ、とステージが盛り上がる。ショートコントがウケたようだった。二人組がそのままステージから去っていく。拍手で見送られた。司会が紙を読み上げる。「では、ショートコントは以上となり……あ、すみません。あと一組いらっしゃいました」。ぐだぐだである。せっかくウケても、司会のせいでシラけている。思わず心配になり、そちらに耳を傾けてしまうが、今はこんなことをしている場合ではない。考えろ。そうしないと僕は早伊原と一緒に学祭をまわることになる。

「指示を出した人が忙しくて仕事の最中なんだ」

「それなら、誰かに仕事をバトンタッチしているはずです。浅田先輩に確認をとるように、とか言っておくでしょう」

だけど、一年は何も事情を知らない智世さんに話をしに行った。つまり、指示を出した人から誰に確認をとるべきか言われていない。仕事が宙ぶらりんになっている。

「確認を取る必要がないんじゃないか……？」

「どういうことですか？」

「間違える余地がないようにしておくとか」

「でも、現に間違っているんですけど」

行き詰まる。

「謎ですよねー？」

ねー、と同意を求めるように早伊原が微笑む。早伊原樹里は、謎に出会ったときに最も目を輝かせるのであった。

視点が狭いのだ。

僕は息をゆっくりと吐く。

なぜ一年は指示を出した人に確認しに行かない？　この疑問を基点にして、思考を広げていく。

違和感はないか。

……ある。

僕は足を組んで両手を後ろにつき、空を仰ぐ。

智世さん。倉庫。確認。早伊原。放置。時間。証明。

司会。

「…………………早伊原、お前」

「何ですか？」

早伊原は、楽しそうに僕を見つめる。その瞳の黒の深さに、僕は確信を得た。

勢いよく立ち上がり、そのまま走り出す。早伊原が「ちょっと先輩！」と言いながら追いかけてきた。

4

第二講義室に着くと、呼吸を乱したまま、鍵穴にマスターキーを突っ込む。開錠し、ドアをスライドさせると、入口付近に並べられた、一回り小さいベニヤ板製の看板が目に入る。段ボール製ではなかったか。奥には積んである段ボールによじ登り、高い場所で携帯を掲げている太ヶ原先輩の姿があった。僕に気付き、こちらを向く。

「うお、びびった」

太ヶ原先輩が段ボールから降りている間に、僕は息を整える。

「……太ヶ原先輩」

「……なんだ、矢斗かよ」

太ヶ原先輩は僕を見て苦虫をかみつぶしたような顔をしたが、気まずそうに視線を逸らして、

「俺、仕事あっから」

そう呟いて僕の隣をすり抜ける。

「まあ助かったわ……サンキュ」

後ろから小さな声が聞こえる。振り返ったときには太ヶ原先輩は走り出していた。

太ヶ原先輩って、こういうこと言える人だったのか。

彼は途中で僕を追いかけてきた早伊原とすれ違い、そこで立ち止まる。

「お、樹里ちゃんじゃん！　楽しんでる？　あとで一緒になんか食おうぜ。ちょっと今俺急いでて、また！」

「あ、はーい！」

　早伊原が再び走り出した太ヶ原先輩の背中に、僕と話すときより高い声でこたえると、彼は振り返り、笑顔で手を振り、去って行った。

　早伊原は振り返り、僕を見据える。その表情は、いつも僕の前で見せる口元の歪んだ笑みだった。

「あれ？　太ヶ原先輩、閉じ込められてたんですか？」

　首肯する。早伊原の笑顔に背を向け、施錠しながら説明する。

「一年がどうして仕事を指示された人に連絡に行かなかったかというと、行方不明だったからだ」

「行方不明ですか。ここに閉じ込められていたからですか？　でも、携帯は？」

「ここは電波が入らないんだろう」

　だから、誰も連絡を取れなかった。智世さんに太ヶ原先輩の居場所を聞かれたときにあった違和感。どうして携帯で連絡しないんだろう？　と思った。繋がらないからこそ、僕に聞いた。

「でも、どうして閉じ込められていたんですか？」

「順を追って話す」

　看板の運び出しを篠丸先輩に頼まれた太ヶ原先輩は、一人で運び出しをするのは難しいために、一年生に声をかけた。たぶん「十時ごろに倉庫に来てくれ。看板出しておくから」とか、そんな感じのはずだ。ここで僕が言っていた「倉庫」の認識の齟齬が発生する。

太ヶ原先輩は、十時からステージでの司会の仕事があった。

だから、集まった一年が、自分がいなくても運び出せるように、分かりやすく第二講義室の前に看板を出しておくことにした。その作業中に、見回りの生徒に施錠されてしまった。

「それ、見回りの人、気付かないんですか？」

「中を注意深く確かめなかったんだろう」

学祭前夜は第二講義室での荷物の出入りが多い。それによって、あらかじめ作られていた看板は奥の方へ追いやられてしまったんだろう。奥から取り出そうと身をかがめたら、段ボールの陰になって見えなくなってしまう。

智世さんは、早く浅田のところに戻りたかった。だから見回りを丁寧に行わなかったのだろう。急いでいたようだし。

そうして太ヶ原先輩は閉じ込められ、司会に行けず、一年は呼び出されたはずの「倉庫」に行くも、看板は出されていないし、太ヶ原先輩もいない。仕方なく中に入ると、去年の看板が目に入る。これだろうと運び出しを行った。

「なるほど。良く分かりました。いやぁ、去年の看板が出ている、というところから、人が閉じ込められているところまで来たなんて、意外な結果でしたね。これはもう、立派な謎です」

それを否定することはできなかった。

そして、否定されることは最初から早伊原は考えていない。

「……早伊原、お前、知ってただろ」

「え？　何をですか？」

とぼけられると思っているのだろうか。

「君は、僕が一緒に学祭をまわるのを渋ることを予想していた。そこで、一緒にまわるための作戦を考えていた。僕の金で食べ物を買いあさっているときに、正門前周辺で、太ヶ原先輩がいないことを聞いたんだろ」

正門前には学祭実行委員の模擬店がある。司会者が不在だったのだ、話題になっていただろう。

「それを聞いたとしても、そこから第二講義室に閉じ込められてるだなんて推理できませんよ」

早伊原が甘ったるい声音で言う。

「太ヶ原先輩が看板の運び出しを担当していることも聞いた君は、駐車場の倉庫に行ってみた。そこで一年が間違った看板を運び出そうとしているのを見て、そのまま第二講義室に向かったんだ」

　そこで、閉じ込められたことに気が付いて騒いでいる太ヶ原先輩の声を聞いた。そうして、正門前に戻り、今までずっと模擬店で買いあさっていたかのように、混雑から出てくる。

「私は一年生ですし、ましてや学祭実行委員でもありません。第二講義室が倉庫になっているだなんて知らないです」

「君は情報だけは誰よりも持ってるだろ」

「疑い過ぎですよ」

「そして君は、一年生が正門前に看板を運び出す前に、僕に勝負を持ちかけることにした」

　謎を予見し、それを利用したのだ。

　僕の近くにいれば、謎が起きることの証明に。

だから彼女は会話を早く進めようとしていたし、時計を気にしていた。僕に勝負を持ちかける前に、一年が看板を運んできてしまったら、早伊原の策は水泡に帰す。

「だから君は、あんな理不尽な条件を飲んだんだ。それが何よりもの証拠だ」

　この推理の最大の違和感は、早伊原が自分にとって不利な勝負を持ちかけてきたことだった。そこには必ず根拠があるはずだ。そこから、司会を疑った。司会者は練習もリハーサルもしていたはずだ。さすがにここまで不慣れなのはおかしい。誰かの代わりをやらされているんじゃないのか？　なぜ代わったのか。その人が来ないから。来ないなら、問題になる。ここで、智世さんが太ヶ原先輩を探していたことを思い出した。「倉庫」の認識の差。それらから導き出された答えだった。

「えー、言いがかりですよぉ」

早伊原があざとく眉を下げて言う。

反省する様子もない。早伊原樹里という人は、こういう人間だった。僕はそうと知ってはいるものの、つい嘆息してしまう。

「たとえ知っていたとしても、それを言わないことは別に私の勝手ですし」

「そんなわけないだろ。お前は自分が謎を楽しむために太ヶ原先輩を助け出さず、一年が間違った看板を出していることやステージの司会が不在になっている問題に見て見ぬフリをしたんだろ。ちゃんと謝れよ」

早伊原が嫌悪《けんお》を表に出す。謝るのは当然だ。司会を突然代わることになったあの子にも迷惑をかけたし、何より司会で盛り下げてしまうことになってお客さんに迷惑だ。

「誰にですか、いやですよ」

「太ヶ原先輩にだよ。謝ると約束するなら、学祭一緒にまわってやる」

信じられない、というような表情をする。

「あー！　先輩卑怯《ひきょう》ですよ！　約束破りですよ！　先輩は勝負に負けたんですから」

「スポーツマンシップに則《のっと》ってないためノーゲーム」

早伊原が口を尖《とが》らせる。

「……仕方ないですね」

あの早伊原が謝る気になったのか、と彼女を見ると、肩にぶらさげた鞄《かばん》を開け、中からクリアファイルを取り出した。

「これ、プレゼントです」

「え……これって」

請求書だった。ぱらぱらとめくり、数を確かめる。全部で二十二枚あった。正門前の模擬店、全ての請求書だった。

「私がただ遅くなったと思いますか」

「それは倉庫とか第二講義室とか行ってたから……」

「それだけじゃないです」

早伊原が胸を張る。行ったことは認めるのか。

「どうして僕が請求書を集めてると知ってる？」

「姉さんから聞きました。集める係なんですよね」

係か。まあ、そういうことにしておこう。というか、会長、早伊原をだますことができるのか。いつもの会長の様子からは想像できなかった。姉妹だからこそ、できるのだろうか。

「助かる。……それで」

僕はそれを受け取って早伊原に作り笑顔で微笑《ほほえ》みかける。

「ちゃんと太ヶ原先輩に謝れよ？」

早伊原がにこ、と笑顔を深める。

「請求書返してください」

「いや、これはどこかのお人良しがプレゼントしてくれたものだから」

「撤回です」

「それは政治家の特権。……太ヶ原先輩に謝ればいいだけなんだよ」

早伊原が唇を尖らせる。

しばらくぶつくさ言っていたが、僕が取り合わないことが分かると、

「…………分かりましたよ、謝りますよ……」

と口にした。僕が優位に立つのは久しぶりのことだった。復讐《ふくしゅう》が怖いな、と思いつつ、僕は微笑む。

「うわ、先輩、悪巧みしてるラスボスみたいな顔してますよ」

「最初からこういう顔だ、ほっとけ」

早伊原が「ふふ」と笑う。

「じゃあ、一緒に学祭まわりましょうか」

あぁ、成り行きとはいえ、早伊原と一緒にまわることになってしまった。しかし、早伊原に謝らせることができるのなら、それも悪くはない取引だった。

「では行きましょう」

僕が頷《うなず》き、歩き出すと、早伊原が横にぴったりとくっついてきた。

「近い。離れろ」

「内緒話しようと思いまして」

「僕はしたくない」

僕は早伊原から一歩離れる。すぐに早伊原が寄ってくる。再び離れる。再び寄ってくる。埒《らち》が明かないので、早伊原を一瞥《いちべつ》してそのままにした。

「なんだよ内緒話って」

「いやぁ、カップルばかりの中、模擬店に並んでると」

「……と？」

「色んな話が耳に入ってくるんですよぉ」

「…………いや、いい。言わなくていい」

早伊原が心底楽しそうな笑みを浮かべていた。嫌な予感しかしない。

早伊原がちょいちょいと手を動かし、僕に耳を寄せるように促してきた。僕が苦い表情をすると、笑顔の早伊原にマントを引っ張られ、無理矢理近付けさせられた。彼女は音で区切って耳元で囁《ささや》いた。

「な、な、ふ、し、ぎ♪」

七不思議。藤ヶ崎高校の七不思議のことだとすぐに分かった。僕は顔をしかめ、どうか真っ当な青春を、と願った。

二章

紙ふぶきの中に「好き」と書かれたものが混ざっている理由

I

ななふしぎ。七不思議である。不可思議な現象や怪談、都市伝説を七つまとめてこう呼称する。知っている。よく、～町の七不思議とか、～学園の七不思議などと言われるが、例にもれず、藤ヶ《ふじが》崎《さき》高校にも七不思議があるのであった。

「それがどうした。……というか、離せ」

しかし早伊原《さいばら》はマントを離さず、耳元から口も離そうとしない。耳になまぬるい吐息があたってこそばゆく、不快だった。

「模擬店に並んでいたら小耳にはさんだんですよ。——紫風祭の開会式で舞い散る紙ふぶき。その中に『好き』と書かれた紙ふぶきがある。それを好きな人に渡すと結ばれる、という七不思議です」

「はあ……それ七不思議って言っていいのか。ただの噂《うわさ》な気もするけど」

さっき、僕の隣を通り過ぎたカップルが話題に上げていた。

「七不思議は、言い伝えも含めての七不思議ですから。ご存知なかったんですか？　藤ヶ崎高校七不思議」

「……初耳だ」

「紙ふぶきの七不思議は、去年の紫風祭からできたものらしいですね？」

「……離せよ。なんで摑《つか》んでるんだよ」

なぜ耳元で囁《ささや》くのか。そこら辺のカップルが話している七不思議の話をするのにこっそりする必要なんてまるでない。そう思っていると、早伊原がくすりと笑う。

「だって、こうしてると、先輩の目元と口元の動揺が見やすいですから」

ぞわり、と背筋が粟立《あわだ》ち、僕は勢いよく早伊原から離れた。早伊原が同時にマントから手を離したので、すんなり離れることができた。

「どうして離れるんですかぁ？　何かやましいことでもあるんですかね？　例えば……嘘《うそ》をついている、とか」

「…………」

早伊原がにやにやと、勝ち誇ったいやらしい笑みを浮かべてくる。

「いやぁ、私としたことが、七不思議なんていう面白そうな謎《なぞ》を知らなかったなんて、とんだ失態でした」

藤ヶ崎高校七不思議。僕はその全《すべ》てを知っていた。なぜなら、その七つの不思議全てに、僕が関わっているからだ。

会長と、姉貴と、上九一色《かみくいしき》と、そして篠丸《しのまる》先輩と——作り、作られてきた。その七不思議の一つが、「紫風祭の開会式で舞い散る紙ふぶきの中に『好き』と書かれた紙ふぶきがあり、それを好きな人に渡すと結ばれる」というものだった。

もちろん、そんなことを早伊原に話すはずもない。

僕は学祭準備中から、それが早伊原にバレないように気を付けていた。主に去年出回った噂なので、普通にしていれば早伊原にはバレないと思っていたのだが……。

「気になりますよね。どうしてそんな噂ができたのか。謎です。推理の余地ありです。よって最高です！」

早伊原が目を輝かせ、身振り手振りで僕に訴えかけてくるが、何も響かなかった。

「あ、そう……。勝手に推理しててくれ」

「興味ないんですか？　どうしてそんな噂ができたのか」

「どうでもいい。解けたからといって『だから何？』っていう話だろ。結果が分かってればそれでいいじゃないか」

早伊原は「困ったものだ」と言いたげな小さなため息をつく。

「先輩。少しは過程を気にした方がいいですよ。過程が分かれば原因が分かり、原因が分かれば対策もできます。例えば、春一《はるいち》先輩が浅田《あさだ》先輩とできている、という噂だって原因が分かれば対策できるんですから」

「お前だったのか」

早伊原は不自然なほど深く笑って、「何のことですか？」と首を傾《かし》げた。

最近、浅田といるときに、女子から変な視線を向けられているのだった。原因は早伊原だったのかと腑《ふ》に落ちる。まさか本当に信じている人はいないだろうが、気持ちの良いものではない。

学祭準備期間になり、昼休みも放課後も監査員――実際はただの手伝いをすることになった。だから僕は、早伊原と昼食を摂《と》っていないし、生徒会準備室に行っていない。その腹いせだろうか。

早伊原は「それで、先輩」と仕切り直す。

「先輩は、私が七不思議と言っただけで少し目を見開きました。何か思うところがあったんじゃないんですか？」

「ないね」

「そうですか。じゃあ、一番動揺した、『去年できた』ということに関してはどうですか？」

「知らない」

早伊原を睨《ね》め付けるも、彼女は笑顔を少しも崩さず、意に介す様子もなかった。

こいつ……。

早伊原は紙ふぶきのことを模擬店で並んでいるときに聞いたと言ったが、本当に知ったのはもう少し前だろう。そして、僕が紙ふぶきについて知っているということも分かっている。会長か誰かに聞いたのだろう。僕と一緒にいられるとなった途端に聞いてきたのがいい証拠だ。

「いいじゃないですかー、昔のことですよ？」

彼女が諦《あきら》める様子はない。

「…………」

僕は悩んでいた。

関わりたくはない。率直に言って、紙ふぶきの由来は、僕が送りたい青春とは違う、歪《ゆが》んだ出来事だ。学祭予算案の不正を暴《あば》きつつ、恋人関係を偽装している女子と歩く。もうこれだけで役満だ。これに加え歪んだ昔の話をするとなると気が滅入る。

だが、早伊原はさっき、太《た》ヶ《が》原《はら》先輩に謝ると約束した。早伊原に対し、先輩として、これくらいの報酬を支払っても良い気がしていた。

いやいや……と思う自分もいる。そもそも早伊原が謝るのは当然のことなのだ。

……でも、あの早伊原が、だ。

僕が狭間《はざま》で悩んでいると、早伊原がぽん、と手を打った。

「分かりました。じゃあこうしましょう。全部話してもつまらないですし、最初の部分だけ話してください。後はこちらで推理しますから。先輩はただ、普通に、私と会話をしているだけなんです」

良く分からないことを言い出した。たぶん早伊原は、僕が皆の青春に関わってしまうことを気にし悩んでいるのだと、そう思っているのだ。

確かに、僕はもう皆の青春には関わらない。そう強く決めた。

だが、今回に限っては、そのことについては考えなくていい。なんせ、昔の話なのだ。もう終わっている。だから、もう、関わろうと思ってもできない。

「……これから、屋内の模擬店と展示をまわって請求書を回収する。まぁ、そのついでになら」

請求書を回収しなければならないことを忘れれば、模擬店をまわるのは真っ当な青春らしい。

「もちろん、構いませんよ」

早伊原が謎に直面したときと同じ、瞳《ひとみ》が輝いた状態になる。

藤ヶ崎高校の七不思議「紙ふぶき」、それは去年の紫風祭での話だ。

きっかけが水曜日であることだけは、今もはっきりと覚えている。

＊＊＊

今日のデザートは迷った末にヨーグルトにした。アロエヨーグルトである。せっかくの水曜日であり、コンビニで贅沢《ぜいたく》ができる日であるが、今日は甘味の気分ではなかった。商品を持ってレジへ向かう。

「……」

レジ列が長かった。商品棚まで列が食い込んでいる。藤ヶ崎高校に入学して三か月、ここのコンビニは頻繁に使わせてもらっている。それでもこんなにレジが混雑しているのは初めて見た。

とりあえず列に並び、そこから前方を覗《のぞ》く。レジのトラブルか、レジが一つしか稼働《かどう》していなかった。列が長くなるわけだ。携帯をいじりながら待つ。思ったよりもすぐに列は解消され、次が自分の番になった。目の前の生徒が会計をする。

制服からして、藤ヶ崎高校の生徒だ。

「すみません、一万円で大丈夫ですか？」

生徒が困り笑いを浮かべて尋ねると店員は機械的に「はい。一万円お預かりします」と言って会計を始めた。お釣りはまず札から渡される。九千円。その上に小銭が置かれた。

さあ、次は僕の番だ。そう思い、レジに商品を置いた時だった。

目を疑った。

ガシャン、と小銭が落下し、多くの小銭に迎えられる音。クシャリ、と札が無理矢理折り曲げられ、狭い場所を通るために擦れる音。

「えっ……」

思わず声を出していた。レジ付近の空気が凍りつく。「もったいねえ」と後ろから声が漏れた。

さっきの生徒が、お釣りを全てレジ横の募金箱に入れたのだった。生徒は満足そうに微笑《ほほえ》むと、そのままコンビニを出て行った。

その時、ようやく顔が見えた。篠丸先輩だ。学祭実行委員の二学年のとりまとめをしている先輩だった。

僕は会計を済ませた後、急いで追いかける。今まで話したことのない先輩だった。しかし、僕の足は迷うことなく動いていた。先輩に追いついた。追いかけてきた僕に気付いて、先輩は足を止め、振り返る。僕は「篠丸先輩」と声をかけた。

「あれ？　……どなたかな？」

「矢斗《やと》です。矢斗、春一です」

少し息を整える。篠丸先輩は「いいよ、ゆっくりで」と笑った。

「藤ヶ崎の一年です」

「それは制服で分かるけど。ん――……知らないなぁ」

篠丸先輩は僕をまじまじと見た。

「何か部活とか、委員会とか入ってる？」

「いえ、両方ともやっていません」

入ることができないのだ。厳密に言えば委員会は入ることができるが、特にやる気もなかった。僕は、青春できないのだ。委員会に入っても何も変わりはしない。

「じゃあなおさら分かんないなぁ」

ごめんね、と謝るが、僕を知らないのは仕方のないことだった。

「それで、どうしたの？」

突然話しかけてきた僕に対して、警戒することもなくふんわりと微笑む。

僕はどうして追いかけてきたのだろうか。それはただ一つ、尋ねたかったからだ。

「いや、ただ、さっきのコンビニですごい額、募金してたので……」

篠丸先輩は、見られちゃったかぁ、とおどけて言いながら歩き出した。僕も隣を歩く。

「ああいうのって、見つかるとかっこ悪いよね」

「どうしてあんな額を？」

「ちょっと財布が分厚かったから。すっきりさせたくて」

「え……？」

篠丸先輩はしれっとそんなことを言う。

「冗談だよ。……信じたの？」

「少しだけ……」

「んなわけないでしょ」

そう言ってつっこみを入れるように僕の肩を軽く手の甲で叩《たた》いた。

いや、だってお金持ちじゃないと九千円募金しないだろうし。

「じゃあ、本当の理由は何ですか……？」

篠丸先輩は困ったように頭を人差し指で掻《か》いた。

「どうしてって言われても、募金したいから、かな」

「……僕だったらあの額を募金したりなんかしません」

篠丸先輩は「そうだねぇ……」と唸《うな》った。

僕はどうしても、その理由が知りたかった。僕が行っていない正義を、どういった理由で行っているのか。

「じゃあ、自分はする、としか言いようがないかなぁ」

篠丸先輩は自身の心臓の位置を拳《こぶし》で軽く二度叩く。

「フィーリングだよ」

僕は「はあ」という気の抜けた相槌《あいづち》を打つ。

「納得できてないのかな？」

「まあ、そうですね」

別に先輩側に、僕を納得させる義務なんてないのだが、篠丸先輩は考え続ける。その末に出てきた答え。

「アフリカの子供たちを助けたいから、かな」

「…………」

結局、しっくりとはこなかった。募金する理由としては「小銭が余ったから」とかの方がまだすとんと落ちる。

しかし、これ以上追及するのはやめにした。初対面でそこまで根掘り葉掘り聞くのはよくないと思ったし、何しろ無駄だと思った。

「そうですか」

だから、そうですか、としか言えない。この人は、おそらく本当にこれ以上の理由がないのだろう。僕は静かに衝撃を受けていた。

アフリカで不憫《ふびん》な子供が多くいることは皆知っている。募金箱がすぐ近くにあることも知っている。皆「アフリカの子供はかわいそう」と言う。だけど、おつりの端数《はすう》ほどの募金しかしない。そこまで積極的で熱量の大きな理由は、ない。何が、そこまで篠丸先輩に九千円を手放させるのだろうか。

僕は話題を変えることにした。これ以上この話を続けても、きっと平行線のままだ。もっと様々な角度から篠丸先輩を見たかった。だから、親しくなって、深く理解したいと思ったのだ。

腕時計を見る。今は七時前だった。

「先輩、朝早いですね」

僕は今日、浅田の手伝いがあるために早く登校している。何もない生徒にとってはかなり早い登校時間である。

「毎朝歩道橋を上るおばあさんの手荷物を上まで持っていく仕事があるからね」

「えっ……」

「だから冗談だって」

篠丸先輩は笑う。

「本当にそんなことしてると思った？」

「もしかしたら、と……」

「さすがにそんなことしないよ」

そう笑い、「目の前でそういう人がいたらそりゃあやるけど」と付け加えた。

「学祭の準備とかですか？　今週ですもんね。紫風祭」

「ああ、学祭実行委員やってること知ってるの？」

篠丸先輩は意外そうに言う。僕は「もちろんです」と頷《うなず》いた。

篠丸先輩は、自身の知名度を自覚していないようだ。人を動かすことに長《た》けた人であり、同級生に愛され、後輩からは尊敬の対象となっている。

「まあ確かにいつもなら弟たちの世話してくるから、登校時間はもうちょっと遅いね。早い理由は、学祭準備だね。……絵、描いてるんだ。学祭で使うやつ」

絵の展示なんてあっただろうか？　きっとあるのだろう。僕は学祭については浅田に聞く範囲のことしか把握していない。多くを知っているわけではなかった。

「絵、描けるんですね。かっこいいです」

篠丸先輩は爽《さわ》やかで、常に笑顔で、物腰柔らかな人だ。きっと見た人を澄んだ気持ちにする素敵な絵を描くのだろうと思った。学祭が始まったら真先に見に行こう。

「一応美術部だからね。別にそこまで上手《うま》いわけじゃないけどね」

「美術部の展示なんですね」

「いやぁ、そういうわけじゃないんだけど……。ま、明日絶対分かるから、楽しみにしといてよ」

サプライズなのだろうか。詳しく聞いても、それ以上は笑顔で「秘密だよ」と言われるだけだった。

「それと、もう一つの理由は、幼馴染《おさななじみ》に宿題写させてあげるため。テスト近いからね。課題めちゃくちゃ多くて」

文化祭は七月の第一土曜日に催されるのだが、それが終わるとすぐに学期末テストのテスト週間に入る。勉強をさぼっていた人は、早めに対策を始めなければ間に合わないだろう。

「太ヶ原って言うんだけど。全然宿題やってこなくてさぁ」

愚痴る先輩だったが、どこか慈愛に満ちた困り笑いを浮かべていた。

「そういうのって、自分の力でやらせた方がいいと思いますけど」

「んー……、そう言う人もいるけどね。だけど、あいつ、できないんだもん。弟みたいな感じだし、面倒見てるんだ」

「やらないだけなんじゃないですか？」

篠丸先輩は笑顔を深めた。

「じゃあ矢斗くん。舌、ダブリューにできる？」

口の中でやってみるが、できそうでできなかった。

「できません」

「そういうこと。きっと、できる人にとっては、できないことが不思議なはずだよ」

もしかしたら練習したらできるかもしれないと、口をもごもごさせていると、篠丸先輩が僕の頭をくちゃくちゃと撫《な》でた。

「遺伝でできるかどうか決まってるんだよ」

篠丸先輩が舌をWにして微笑んだ。


その二日後。紫風祭前日の昼休み。

この日は、午後が紫風祭準備のために授業がなくなる。ここから本格的に追い込みが始まる。学祭実行委員でもなく、クラスの製作にも入りにくい僕にとってはまるで関係ない話かと思われたが、そうはならなかった。浅田が僕に学祭実行委員の手伝いを頼んできたのだ。浅田のことだ、教室で特にやることがない僕を見かねて、誘ってくれたのだろう。だから僕はここ数日間、浅田と共に行動し、学祭実行委員の手伝いをしていた。

大講義室には学祭実行委員が全員集められていた。全員が集まると、大教室の八割ほどが埋まり、息苦しかった。

教壇に篠丸先輩が立つ。手を叩き、集まった皆を静かにさせた。実行委員長と副実行委員長は現在起きているトラブルの現場におり、全体のまとめ役を篠丸先輩がすることになったのだろう。こういうことは、以前にも何度かあった。

「皆、お疲れ様。今日が山場だね。一生懸命、そして楽しくやろう。困ったことがあったら何でも言って。こっちで絶対に何とかするから。皆は安心して取り組んでほしい」

誰もが篠丸先輩の言葉に耳を傾けている。集中。この場に満ちた空気が伝わってくる。

授業は、誰が教壇に立つかで教室の集中力が変わる。それは小さな物音だったり、皆の視線の行く先だったりで分かる。授業はたいてい、誰かが話を聞いていない。

しかし、今、この場の全員が篠丸先輩の言葉に耳を傾けていた。最前列で携帯をいじっていた太ヶ原先輩でさえ、篠丸先輩が話をするときは携帯を机の上に置き、話を聞いていた。

篠丸先輩の求心力があってこその、まとまりだった。

「じゃあ、まずは全体からのお知らせを少しします。……太ヶ原」

最前列に座っていた太ヶ原先輩が気だるそうに立ち上がり、黒板の前に立った。

「連絡事項って書いて」

「あいよ」

小声で太ヶ原先輩に指示を飛ばす。太ヶ原先輩は、篠丸先輩が話すときにいつも書記をやらされている。

黒板に斜めに「連絡事項」と書かれた。お世辞にも綺麗《きれい》な字とも読みやすい字とは言えなかった。

「まず、一番大事なお知らせから。今日のゴミ出しだけど、指定の場所が決まりました。十八時までに別紙で配る場所まで出しておいてください」

太ヶ原先輩が、プリントを前から流していく。僕にもプリントが回ってきた。

見ると、全部で三か所、ゴミ捨て場が出来たようだ。学祭前日の今日は、非常にゴミが多くなる。いつも使っている金網には入りきらないのだろう。学祭当日もまたゴミが多い。前日のものと合わせたらとても手に負えない量になる。だから、前日は特別に夕方に収集に来てもらうらしかった。

篠丸先輩が、手元のメモを見て変更点や注意点を言っていく。

手元のメモは、手書きなのだろうか。篠丸先輩は、極端に手書きをしない。ちょっとしたことでも太ヶ原先輩に書かせるのだ。それを不思議に思い、篠丸先輩に尋ねたことがある。「字が汚いんだ」と苦笑していた。太ヶ原先輩より汚かったら、それはもう読めないのではないだろうか。

だが、浅田だけは篠丸先輩の文字を見たことがある。浅田は期待されているのか、それとも浅田自らが声をかけているのか、篠丸先輩の仕事を手伝うことが多い。二人でいることが多いのだ。そのときに、何度か手書き文字を見たらしい。

浅田曰《いわ》く、「下手とは違うけど、まあ特殊」らしい。詳しく尋ねても、口止めされているらしく、教えてはくれなかった。

「――全体の連絡事項は以上です。それでは各班で作業を開始してください」

篠丸先輩が教壇を去ると、開会式班の班長である桜庭《さくらば》先輩が声をかけ、一か所に集まるように言った。浅田は開会式班だった。僕もそれに加わり手伝いをする流れだ。開会式班のやることはオープニングの企画や当日の進行、紙ふぶきなど必要な物資の調達である。

紙ふぶきに関しては紫風祭では一つの名物となっている。まいた後に回収し、次の世代がその年の学祭に使った書類を絵具に浸して足していく。年々量が増えていくのだ。このシステムが始まったのは五年ほど前かららしく、まだ歴史は浅いのだが、紙ふぶきの量は思っているよりずっと多い。天井の半分ほどが見えなくなる。

桜庭先輩の指示する通りに、開会式班の十四人が車座になり床に座った。

「じゃあ、まず開会式の流れの確認からするからね。全部ちゃんと覚えてよー」

桜庭先輩が早口でせかせかと開会式のプログラムを音読し始めた。

二年の桜庭万里子《まりこ》先輩。ショートヘアで、肌は日焼けしており、どこか男っぽく野生を感じさせる。今も、下に体操着のハーフパンツをはいているとは言え、スカートなのにあぐらをかいている。変に女性っぽくなく、男子としては友達感覚で話せそうだった。

僕の中には、浅田によく絡《から》んでくるイメージがある。浅田がよく桜庭先輩に絡まれた話を僕にしてくれるからかもしれない。

開会式のスケジュール確認は話し合いの度にしている。聞き流していると、隣で手を後ろに投げ出して座っている浅田が申し訳なさそうな表情を浮かべて小声で話しかけて来た。

「春一、すまんな。手伝ってもらって」

「いいよ、どうせ暇だし」

「にしても、何回目の確認なんだか……」

浅田が困ったように笑う。

「早くアーチ製作手伝った方がいいだろうに」

僕は学園祭当日に何かを手伝うわけではないので、こういった話を聞く必要はまるでない。僕が駆り出されるのは基本的に肉体労働だ。今日も、アーチの製作を手伝う予定でここに来た。

アーチ製作は開会式班の仕事ではないのだが、作業が大幅に遅れているために助っ人に向かうとのことだった。浅田はアーチ班のことを思い浮かべているのか、今度は視線を上に向けていた。

「災難だったよな」

浅田がぽつりと呟《つぶや》く。僕は「たしかに大変そう」とコメントした。

どうしてアーチ製作が大幅に遅れているのか。それは、一度壊れたからだ。設計図に基づいて作っていたらしいが、頼んでいた板が予想以上に重かったらしく、完成間近で、自重で潰《つぶ》れてしまった。それにより、より薄い板を使って初めから作り直しているのだ。明日、紫風祭なのにまだ四分の一しか終わっていないらしい。今日の仕事は大変そうだった。

実行委員長と副実行委員長は、そのアーチ製作のことで忙しく、全体の話し合いには出られなかったのだ。

来たる肉体労働に向けて腰を伸ばしていると、ふと視線を感じた。そちらを確認すると、開会式班の班長が浅田を見つめていた。

「ちょっと、浅田くん？　聞いてる？」

浅田が僕との雑談を止《や》め、桜庭先輩の方を向く。

「聞いてますよ。すみません」

「聞いてるのならいいのよ、全く問題なし！　会話に戻っていいよ！」

「万里子ちゃん。会話に戻しちゃだめだと思うよ……」

桜庭の隣で彼女を支えているのは牧《まき》先輩だ。開会式班の副班長である。桜庭先輩とは対照的に静かで、フレームの細い眼鏡をかけている。いつも片手にメモ帳を持っていて、今も必死に何かをメモっていた。確認の内容だろうか。こんな繰り返しの話をメモして何になるんだろうか。やがて、桜庭先輩に指示を出されて、当日の開会式の流れをホワイトボードに書き出した。

「……………」

ホワイトボードは整理されていた。文字が綺麗なだけではなく、流れが分かりやすく色付けされており、一目で誰がどうしなければいけないかが分かった。

桜庭先輩は、開会式の流れの説明を終える。

「とまあ、だいたい流れはこんなもんだよ。分かった？　浅田くん」

再び僕と話をしようと後ろを向きかけた浅田が動きを止めた。慌《あわ》てて前を向く。

「だ、大丈夫ですよ」

牧先輩がため息をつく。

「しょうくん、本当にちゃんと聞いてた？」

その声音は、桜庭先輩の軽いものとは違い、重々しく響いた。

「本当だって。というか学校でその呼び方はやめてくれ……」

牧先輩は、浅田のことを「しょうくん」と呼ぶ。浅田は、牧先輩に対して敬語は使わない。この二人は、家が近所であり、幼い頃によく遊んでいたらしい。中学も同じ中学で、交流があったらしく、幼い頃の関係が、今も持続しているのである。

いわゆる、幼馴染というやつであった。

牧先輩は真剣な眼差《まなざ》しで浅田を見つめる。

「大事なことなんだからね。何かあったら、万里子ちゃんのせいになるんだよ？　万里子ちゃんが話してるときに喋《しゃべ》らないでよ」

開会式班の空気が少し淀《よど》んだ。浅田が少し間を置いてから静かに答えた。

「……そうだね。悪かったよ」

「もう、牧ったら、言い過ぎだよ」

桜庭先輩が苦笑いしながら牧先輩に後ろから飛び付くように止める。牧先輩が「やめてよー」と拗《す》ねたように言うが、桜庭先輩は離さない。それで空気が軽くなり、少しは呼吸しやすくなった。

桜庭先輩が呟く。

「まあ、また後で確認するし、大丈夫だよ。……開会式班は一時解散っ」

後でとはいつなのだろうか。紫風祭の前日は、泊まり込みで作業する生徒も多い。開会式班はもう準備はほとんど終えているので、早く帰れると思うのだが。

浅田が立ち上がる。

「ちょっと教室で準備してきます」

そう言って大講義室から出て行った。僕は元からアーチ製作の手伝いの予定だったので、既に体操着であり、準備万端であった。他の班員もほとんどが準備に戻った。開会式班の班長と副班長は、アーチ製作を手伝っている余裕がないのか、別の作業をするようで着替えには戻らなかった。大講義室に残って二人並んで椅子《いす》に座っている。

一人残された僕はどうしようかと大講義室を見回す。まだまわりの班が話し合いを行っていて、場所があまり空いていない。その中から、右後ろ隅の、周辺にあまり人がいない席を見つけ、座った。すぐに浅田含め他の班員は戻ってくるだろう。携帯をいじって時間を潰すことにした。

しかし。

「牧。さっきはありがとね」

ざわざわとした喧噪《けんそう》の中で班長である桜庭先輩の声がうっすらと聞こえる。それが気になり、会話を聞き取るのに焦点が当たってしまった。

「ううん、気にしないで」

桜庭先輩が俯《うつむ》く。

「私も、ちょっと確認やり過ぎなのかなー？」

「そんなことないよ。しょうくんは人を手伝いたがりだから……本当に」

牧先輩が桜庭先輩の背中を撫《な》でる。

「去年の開会式、オープニング流れなかったでしょ？　やっぱりああいうのって出鼻をくじかれるというか、幸先が悪いというか……開会式からミスなんてしたくないんだよね」

「皆分かってると思うよ」

牧先輩がそう言うと、桜庭先輩は顔を上げた。笑顔だった。

「ちょっと気にし過ぎだったかな」

「万里子ちゃんは、しょうくんの反応を気にし過ぎ」

牧先輩がそう言うと、桜庭先輩は俯いて頬を紅潮させる。

「浅田くんとせっかく同じ班になれたんだし、仲良くなりたいんだよ……」

会話に引き続き耳を傾けつつ、僕は思考を始める。

確かに桜庭先輩は浅田のことをよく見ている気がする。桜庭先輩は、浅田のことが好きなのだろうか。

「牧は羨《うらや》ましいなぁ。浅田くんの幼馴染で」

「そうでもないよ」

「えー、だって、小さい頃、ずっと一緒に遊んでたんでしょ？」

「別に二人で遊んでたわけじゃないよ。皆で、ね」

「でも、関係が今も続いてるっていうのがすごいよ。浅田くんと今でも結構話すんでしょ？」

「まあ……」

牧先輩は、前のめりになる桜庭先輩から逃れるように視線を外す。

「あ、また浅田くんのこと教えてよ！」

「打ち合わせしてからにしようよ」

牧先輩がそう言っても、桜庭先輩は「少しだけだから」と聞きたがった。結局牧先輩が折れる形になった。

「浅田くん、最近どんな曲聞いてるの？」

「最近、洋楽聞き始めたって言ってたかな」

「洋楽かぁ――」

その後、浅田の好みのアーティストの話になった。

「他には？　何かこう、お近づきになれそうな感じの……」

桜庭先輩が様子を窺《うかが》うように牧先輩に上目使いをする。一方で牧先輩は困り笑いを浮かべていた。

「えー……そうだなぁ……最近、小説読んでるみたいだよ。同じの読んでみたら？」

その後に、タイトルを言う。

その小説は僕が浅田にこの前、貸したものだった。本当に、牧先輩は浅田の近況を把握しているらしい。たまに一緒に帰っているし、そういう時に話すのだろう。

「はい、ここまで」

牧先輩が強制的に話を終わらせるも、桜庭先輩はまだ聞きたがる。

「えー、もうちょっと聞かせてよ」

「もう、万里子ちゃんって、しょうくんのことばっかだよ」

「お、妬《や》いちゃったのかな？」

「馬鹿《ばか》なこと言ってないで、打ち合わせ始めるよ」

浅田の話を打ち切った桜庭先輩だったが、何かを思い出したように言った。

「あ、他の資料、全部鞄《かばん》の中だ」

「……私もだ」

「じゃあ一緒に取りに戻ろっか」

そこで桜庭先輩はうんざりしたように深いため息をこぼした。

「あー、鞄、重いんだよなぁ……」

牧先輩が首を傾げた。

「どうして？」

「テスト近いからだよ……。教科書とか電車の中で読むからさー、いつも持ち歩かなきゃいけなくて」

「万里子ちゃん、ノートとらないもんね」

「いやー、なんか授業聞いてる時は、ノートなんかとらなくてもいける、って思うんだよね。でも、いざテスト前になるとだめだ……」

計画性がなさすぎないか。そんな桜庭先輩に、牧先輩は「しょうがないな」と微笑みかけた。

「私ので良かったら、いつでもノート借りてっていいよ」

「本当に助かるよ……。いつも助けてもらってばかりで――」

二人は話しながら教室から出て行った。

「…………」

人の感情はふとした瞬間の視線や会話に出る。桜庭先輩は、よく浅田を忍ぶような視線で見つめている。彼女は、浅田のことが好きなのだ。

ほどなくして浅田達が戻ってきて、僕らは学祭実行委員長である姉にしごかれつつアーチ製作を手伝った。その作業は二十時頃まで続き、つつがなく終了した。思ったよりも早く終わり、皆、ほっとしている様子だった。ほとんどの者が徹夜も覚悟していたのだろう。

出来上がったアーチだったが、華やかさに欠ける気がした。藤《ふじ》をかたどった形で、それ自体は大きく迫力があるが、装飾が地味だ。年度と「紫風祭」という文字を貼《は》り付けただけで、それ以外は白だ。何か塗ったわけではなく、素材がもとから白色だったので、何も手を施していない。しかし、アーチ班がこれでいいと言うので、それ以上どうすることもできなかった。

さすがに疲れた僕と浅田は、玄関と廊下の間の段差に腰掛ける。少しの間、休むことにした。今夜は長い。泊まる可能性もあるのだ。疲れたので、お互いがお互いの方向を向かずに話す。会話の合間で、僕が思い出すのは桜庭先輩のことだった。

「……浅田って、牧先輩と仲良いの？」

「まあ、そりゃあ、悪くはないよ。仲良いってことになるんだろうな」

「何だよその引っかかる言い方は……」

浅田は気まずそうに頬を掻く。

「なんつーか、お姉ちゃんって感じで、苦手なんだよな」

「良い先輩だと思うけど。むしろ羨ましいよ」

「なんで？」

「牧先輩って、僕とか、他の生徒には結構距離とって話す人だからね」

「何？　春一、牧さん狙《ねら》ってるの？」

「いやいや、別にそういうわけじゃないけど……」

単なる親和欲求だ。一緒に居て、居心地が悪いよりかは、良い方がマシだという、ただそれだけだ。

「良いことばっかりじゃねえよ。……やたら、こう、俺を監視したがりというか、突っかかってくるというか」

姉っぽい存在なんて、そんなものだろう。実際に姉がいる僕が言うのだから間違いない。

「まあでも、最近は良くなったかな」

「そうなの？」

「昔ほどは絡んでこなくなった。朝とか会っても、挨拶《あいさつ》するだけで先に行くし。前なら一緒に学校行ってたんだけどな」

　年齢が上がるにつれて、無意味に男女で一緒に帰るのは難しくなっていく。皆、周りの目を気にし出すからだ。

「じゃあ浅田、寂しいな」

　冗談として言うが、浅田は真顔のまま、視線を宙に投げる。ぼうっと、呟くように言う。

「ここ最近、特にだよ。なんつーか、避けられてる気さえする。何か気になるよなー」

　浅田がそう言ったとき、背後から微《かす》かに歩く音が聞こえた。廊下を誰かが歩いてくるらしかった。歩幅が小さく、ちょこまかと移動している足音が不自然に思えた。浅田は話すのを止める。

　やがて、廊下の角からとある人物が姿を現した。それは桜庭先輩で、大きな段ボールを二つ重ねて抱えていた。僕らの姿を発見すると、歩幅を小さくしたまま寄ってきた。

「アーチ設営、お疲れ様。浅田くん、しばらく休んでていいよ」

ピンポイントに浅田の名前だけ言われると、僕は働かなくちゃいけない気がしてくる。

もちろんそういうわけではなく、桜庭先輩にとって、僕の存在が浅田と比べて取るに足らないだけだということは、分かっている。

桜庭先輩は自分で気付いていないのかもしれないが、こういった細かい部分で、相手をどう思っているかが出やすい人だった。

「お言葉に甘えさせてもらいます。先輩は今、何してるんですか？」

「荷物運ぼうと思って。開会式で使う衣装道具」

桜庭先輩は両手に抱えた段ボールを揺すって強調する。がたがたと段ボールは重そうな音を立てた。

「……先輩も少し、座って話していきませんか？　荷物重くて大変でしょうし。一回置きましょうよ」

思わず、「おい」と声をあげそうになった。ここで桜庭先輩が入ってきたら、僕は完全なお邪魔虫になってしまう。浅田はそうは思っていないのだろう。三人で喋った方が楽しそうだ、と単純に考えていそうである。浅田にはこういった人の好意に鈍感なところがあるのだった。

桜庭先輩が絶対に浅田の誘いを受けると確信した僕だったが、彼女は少し考えて首を横に振った。

「いいや、これ、早めにどうにかしなきゃいけないしねー」

桜庭先輩は笑顔でそう言う。僕は内心ほっとしていた。

「じゃあ、手伝いましょうか？」

ここで浅田の手伝いたがり発動である。アーチ製作でも誰よりも働いていた。疲れているだろうに。浅田のこの手伝いたがりは学祭準備期間に存分に発揮されていた。

この提案こそ、桜庭先輩は受けない理由がないだろう、と思っていると。

「いや。これで終わりだしいいよ。……浅田くんは手伝い過ぎ、牧もそう言ってたよ。疲れてるんだから休むときは休んでね。じゃあ、またね」

若干強引にそう会話を切り、再び小さな歩幅で廊下の向こうへと消えて行った。重かったから急いでいたのだろうか。それだったらもっと大股《おおまた》で歩けばいいものを。

僕が考えていると、浅田が呟いた。さっきのように、後ろについた手に体重を預け、何もない空間をぼうっと眺めている。

「桜庭先輩と仲良くなってからなんだよなぁ……」

「何が？」

「牧さんの様子が少し変わったのが。さっきも俺のこと結構強く注意してたじゃん？いつもは、注意はするけど、あんな感じじゃないんだよ。……何かあったんかな？」

だから桜庭先輩を呼び止めたのか。

「誰だってそんな気分のときあるよ。そんな深く考えることでもないんじゃない？」

二人はとても仲良く見える。それは偽りの友情ではないだろう。

「そうかな？　……桜庭先輩って、やっぱりちょっと気になるし」

「そうなの？」

別に変わった人ではないと思うが。

「桜庭先輩って、前は、一之瀬《いちのせ》先輩と仲良かったんだよ。ほら、生徒会で書記やってる人。元気そうな女の人だよ。俺のところにたまに来て話したりしてる人」

そう説明されても、一之瀬先輩の顔は思い浮かばなかった。生徒会に知り合いはいないし、浅田のところに来て話をする女子なんてたくさんいる。僕は適当に頷いて話を先へと促す。

「いつも二人で行動していて、そりゃあ、仲良かったんだけど……」

浅田が表情を暗くする。

「だけど？」

「お互い、同じ人が好きってことが分かったらしくて。それから一緒に行動することはなくなったって」

僕は「あぁ」と声を漏らす。

それは気まずい。そしてここでの好きな人とは、間違いなく浅田だ。罪な男である。

浅田が頭をがりがりと掻く。

「……桜庭先輩は、あまり友達を大事にしない人なのかもしれない」

僕は「どうだろうね」と言いながら、それは違うと考えていた。

どれだけ仲の良い友人同士でも、お互い同じ人を好きならば、二人の関係を終わらせるしかないだろう。「そうなんだ、あなたも浅田くんのことが好きなのね。お互いがんばりましょう」と、そうはいかない。恋愛においてのライバルは、清々《すがすが》しくはならない。場所は一つしかないのだ。それを本気で求めるのならば、譲ることなんてできない。どうしようもないことなのだ。

「……はあ」

浅田がため息をつく。こういう彼を見るのは珍しい。僕の前だけでこういう態度を見せてくれることに、少し喜びを覚えた。

浅田は結局、牧先輩のことを心配しているのだった。僕が彼に言葉をかけようとすると、そのタイミングで、今度は廊下の向こうから慌ただしい足音が響いてきた。ぱたぱたと上履きを繰り、走っている。浅田が大した興味もないように言った。

「今度は誰だろ」

「アーチ製作班ではないだろうね」

やがて、姿が現れる。噂をすれば何とやら。牧先輩だった。僕らの姿を発見すると、走り寄ってくる。

「しょうくん、……」

なぜか僕らよりも疲れた様子である。眼鏡の奥の瞳が必死さを物語っている。浅田が訝《いぶか》しんで答えた。

「どうかした？」

「私の、ノート見なかった？　数学のノートなんだけど」

2

二階を早伊原と歩く。一階よりも人が少なく、歩きやすかった。父兄も多いが、やはりカップルの多さが目に付く。まあ、僕らもそう見えているのだろうが。順調に、請求書は集まっていた。

「話が中途半端な男は何もかも中途半端という言葉を聞いたことがあります」

僕の話を聞いた早伊原の第一声はそれだった。不自然に張り付けた笑顔でそう言う。

「話が中途半端だと、気になるよな」

「ええ。それを分かっていて敢《あ》えて話を切る人とか、最低ですよね」

「さすがにそんな性格の悪い奴《やつ》いないだろ」

「矢斗春一先輩のことです」

「今度会わせてくれ、僕から話をしてあげるよ」

早伊原が眉《まゆ》をひくつかせるが、笑顔は崩さなかった。

「先輩は、『常識』という言葉を知っていますか?」

早伊原の口から常識という単語が出てくる日が来るとは思っていなかった。早伊原が瞳の奥で僕を睨《にら》み付けてくる。空気がとげとげしく、居心地が悪かった。

「途中まで話すと僕は言った。約束は守っただろ。君も全部聞いたらつまらないと言っていたじゃないか。これで分からないのなら、君の推理力がないだけだ」

早伊原は笑顔を崩さない。

この場に僕と二人だったら不機嫌な顔もできるが、今は教室棟二階の廊下である。生徒が多く行き来しており、人目につく。僕との関係が良好だと周りに思わせることが重要だと考えている彼女は、どんなに機嫌が悪くても、周りに人がいる限り笑顔を浮かべているしかないのであった。

「牧先輩のノートがなくなってどうなったんですか?」

「ここから先は有料だ。一回三百円のくじを引いて当たりが出たら話してやるよ」

「十二回以上引かないと当たりが出ないやつですよそれ。法律で禁止されたはずです」

早伊原がうんざりした声を上げた。

本当はもう少し先まで話すつもりだった。しかし、話す気になれなかった。

こうやって話していく中で、僕は一年前のことを克明に思い出し始めていた。それのミステリ色の強さに、嫌気がさしてきたのだ。やはりこれを話すこと自体、僕が目指している青春とは異なる。できれば、見て見ぬふりをしていきたい。ただ早伊原の好奇心を満たすためだけに、気分が沈む過去を思い起こさなくてはいけないのは理不尽だろう。

「あっ」

早伊原が声を上げ、足を止めた。一つの教室の看板を見つめていた。その教室は模擬店をやっていて、「被コスプレ喫茶」と書いてあった。

被……？

僕の疑問符を解決するであろう説明が看板に書いてあるようだったが、僕がそれを読む前に、早伊原に腕を引かれた。

「先輩、ここの請求書ももらうんですよね？　ついでにここでお茶しましょう」

僕は「うん」も「いやだ」もなく、そのまま模擬店に入ることになった。

中は一般的な喫茶店の模擬店と同じ構造をしていた。机を四つ一組にし、テーブルクロスを敷き、客席を構築してある。窓には外から見えるように「被コスプレ喫茶」とかわいらしいポップ体で書かれていた。

一つのテーブルが埋まっており、それ以外、客はいないようだった。そしてその一組の客が問題だった。女子同士の二人客なのだが、二人とも、まるでヨーロッパの立食パーティに出席するような格好をしていた。フリルがふんだんに使われたドーム状のスカートに、胸には大きなリボンがついている。いわゆる、ロリータファッションと呼ばれる格好であった。

衣装は生徒によるものなのか、どこか手作りらしい印象を受けた。

僕と早伊原の近くに寄って来た店員は、一般的な藤ヶ崎高校の制服を着ている。

ここで僕はこの喫茶店の意味に気付いた。被、コスプレ喫茶である。いわゆるコスプレ喫茶というと、メイド喫茶などという、店員が特殊なコスチュームを着用するものであるが、これは客が着るのだろう。プリクラ機でそういったものを見かけたことがある。女子には人気なのだろう。

黒板側にはカーテンが引かれており、どうやら着替えのスペースになっているようだった。

僕と早伊原は二人席に案内される。さっそくそこで、メニューを渡された。そこには食べ物の注文はなく、様々なコスチュームの一覧が載っていた。

「なるほど。早伊原にこんな趣味があったとは。ツイートしとかないと」

「先輩はフォロワーゼロなので平気ですよ」

「そんなわけないだろ」

六人いる。

「ですよね。最低でも十人はいるものです」

「…………………」

友人は数ではない、質だ。

何にせよ、今はこの被コスプレ喫茶が問題なのだ。メニューがコスチュームしかないとは、いったいどういう事なのだろう。僕のこめかみに一筋汗が伝った。

「で、早伊原。君にコスプレの趣味があることは分かった。でも僕には残念ながらそういった趣味がない。だから――」

「先輩は既に吸血鬼ですから、私だけが着替えますね」

そう言って彼女はメニューを片手に立ち上がり、店員に何やら話しかけている。やがてカーテンの奥に消えていった。

都合が悪くなると人の話を聞かない奴なのであった。

取り残された僕は、それとなく周りを見まわし、自分に視線が集まっていないか確認する。僕らが入った後に、三組の客が入ってくる。全《すべ》て二人組の女子だった。……ぽつんと取り残され、マントを羽織っている僕に視線が集まるのは当然のことだった。

これで早伊原がカーテンの向こうから出てきたらどうなってしまうのだろうか。

女子と女子で来るなら分かる。というかそういう目的で作られた模擬店だろう。それならただの健全なお遊びというイメージになる。しかし、男女では少し意味合いが変わってくるのではないだろうか。まるで僕が趣味を持っているかのように周りに見えるのではないだろうか。また根も葉もない不愉快な噂《うわさ》がまわるのではないか。何か便利な言い訳はないだろうか。黙考する。

やがて早伊原が消えたカーテンが開いた。とても長い時間が過ぎたかのように思えたが、実際は十分弱ほどだった。

早伊原は、チェック柄の、一応メイド服を装ったものを着用していた。使用人の格好にしては派手過ぎる。どこかのマジックショーのアシスタントに出てきそうな格好だと思った。早伊原が含み笑いをする。

「先輩、どうですか。メイド服ですよ。きゅるん」

僕の目の前に来る。両手を緩く拳《こぶし》にし、顔の横に持ってきて前かがみになるポーズをする。僕のどういった反応を期待しているのだろうか。

「く……」

開きかけた口を閉じる。考える。

僕は反射的に「クビだね。メイドを舐《な》めてるのか。全国のメイドさんに謝れ」と言おうとした。ここで僕がそう言ったとする。彼女はここぞとばかりに「そうですか……」と落ち込む演技を始め、同情の視線と僕への非難の視線を集める。そして「先輩の趣味はこっちでしたよね」とか言って少しきわどい衣装に着替えるのだ。そうして周りの人間に僕を軽蔑《けいべつ》させる。それこそが狙いだ。

だから僕がここですべきことは、一つ。

「わあ、すごく似合う」

ほんのりと笑顔を浮かべる。

「そうですか？　先輩、メイドにはうるさいので、すっごく緊張しました」

「僕がうるさいのは職務に対する態度であって、特別メイドにうるさいわけじゃないよ」

「そんな気を使わなくていいんですよ。フリルが小さいメイド服はメイド服じゃない、と言っていたじゃないですか。フリル、足りてますか？」

「言ってないけどなぁ、あはは」

周りの視線が痛い。空気のバランスをとろうと思わず乾いた笑いが漏れる。

どうしてそんなにも僕を貶《おとし》めたがるのか。何か根に持っているのだろうか。心当たりが多すぎて分からない。早伊原の誕生日にエスカルゴを食べさせたことかな。

「似合ってるよ、うん、とても」

その時、僕の幻聴か、舌打ちが聞こえた気がした。

「そうですか。ではせっかくなので」

僕を貶めることを諦《あきら》めた早伊原は、店員に再び話しかけに行った。

「あ、店員さん。写真お願いします」

早伊原が自分の携帯を店員に渡し、僕の腕を摑《つか》み、着替えスペースとは異なる中央のカーテン奥へと連れて行く。ここは撮影スポットになっているらしかった。間接照明が眩《まぶ》しく僕の顔を照らす。僕らは並んで写真を撮った。どうしてこうなったのか、僕にはもう分からない。

写真撮影を終え、早伊原が制服に着替えるために着替えスペースへと消えた。

その時、僕の携帯が鳴った。メールだ。開封し、確認する。

「うわ、いらない……」

さっきの写真が添付されて送られてきたのだった。むしろこれが携帯にあることで、僕はより危険な立場に置かれただろう。こんなデータは早く消してしまおう。そう思った時、早伊原がカーテンの奥から戻ってきた。

「で、先輩。続き話してもらえますよね？」

「待て。話が飛び過ぎだ」

早伊原は笑顔を崩さない。

「先に報酬をもらったんですから、まさかそんな、お話をしないなんてこと、ないですよね？」

「報酬って何だ。僕にはスパム画像しか送られてきていないんだけど」

「天使の画像が送られてきたでしょう」

「堕天使の画像なら」

「ああ、どうしましょう。先輩のお話がないと暇過ぎて、この画像を友達に送ってしまいそうです。『先輩が好きらしくて』って文面を打ってしまいそうですよ……」

「…………」

早伊原を逆に脅すネタを考える。守るものが多い早伊原だ、僕よりも脅しは有効そうだった。しかし、僕が早伊原を脅したという事実そのものが、逆手に取られる気もした。

……これ以上はもう、バランスがとれない。

早伊原に話した方が、まだマシというラインを越えてしまった。

時計を確認すると、十一時過ぎだった。浅田のライブの時間が近づいている。これだけはどうしても見たかった。僕は店員を呼んで、会計をお願いする。そのときに、自分が生徒会役員であることを伝え、請求書をもらった。

模擬店から出るときに、さっきから僕に期待のまなざしばかり向けてくる早伊原に言う。

「ホールに着くまで話してやる」

「……はい！」

僕がそう言うと、早伊原は満足そうに微笑んだ。

＊＊＊

僕と浅田と牧先輩の三人で、牧先輩の教室に行き、ノートを探した。机の中、先輩のロッカー、ラックの上、様々な場所を探す。しかし、見当たらなかった。とりあえず廊下に出る。浅田が先導し、階段を下って行く。一階まで下り、廊下をスローペースに歩く。

浅田は、牧先輩に「ほんと、どこにいったんだろうね」と、間に合わせで声を発したかのような言葉を投げている。牧先輩はそれに答えながらもどことなく、心ここにあらずな感じだった。

何となくの捜索では、ノートは見つからないだろう。時間もかかる。僕と浅田はもう仕事は終わっているが、副班長の牧先輩はそういうわけではないだろう。時間が限られている。

効率を上げるために情報が必要だ。僕はノートの捜索範囲を限定するために牧先輩に尋ねる。

「ノート、いつ失《な》くしたとか分かりますか？」

彼女は少し考えてから、何やらメモ帳に書き始めた。しばらくするとその手はぴたりと止まる。たぶん、思い出すために書いていたのだろう。

「今朝はあったよ。数学のノートは机の中に入れっぱなしにしてあるんだけど、朝にそれを鞄に移動したのは覚えてる……。テストの勉強そろそろしなきゃな、っていう話に、登校中、万里子ちゃんとなって、それで家でやろうと思ったの。でも、その後は……」

牧先輩は歩く速度を落として、考え、唸《うな》る。

「その鞄を持って学校中を歩き回ってたね……。学祭の資料が入ってるから」

「外もですか？」

「外も行ったね。確認とかあったし。でも、駐車場の方には行ってないかな。主に通り道だけ」

つまり、ほぼ限定できないということだった。

ノート。

紫風祭が終わり、約二週間後には期末テストがある。そのためにノートは必須《ひっす》だ。物がノートというのがなお悪い。見つけにくそうだった。浅田もそう思ったのだろう。腕を組み、牧先輩に質問した。

「誰かにノート見せてもらう、とか、教科書とかで勉強する、というのはだめなの？」

ちらちらと、牧先輩は浅田を窺う。

「…………」

その視線を僕は観察する。牧先輩は遠慮がちに答える。

「それは……やっぱり、自分のノートが一番分かりやすいし……」

勉強方法のタイプは数種類あると思う。その一つは、ノートに凝る、である。出来の良いノートは教科書や参考書よりも役に立つ。牧先輩はそういうタイプなのだろう。だったらノートがないのは致命的だ。

やはり探す方向になるのだろう。牧先輩のためにも早く見つけてあげたい。どうしようかと頭を悩ましていると、目の前に現れた教室の札が、僕に閃《ひらめ》きを与えた。

「ここにも来ました？」

僕が指さしたのは第二講義室だ。ここは大講義室ができてから授業では使われなくなり、倉庫のように荷物が積んである教室だった。外へも近く、一階にあるため、何かと物を出し入れしやすいのだ。紫風祭、開会式班に関係する物もここに置いてある。

牧先輩は頷《うなず》いた。

「ではまず、手始めにここから探しましょうか」

牧先輩は、鞄をいつも持ち歩いていたと言ったが、作業する際は別なはずだ。どこかに荷物を置くはずである。荷物を運んだりするときに、その場に鞄を置いたりもするだろう。その際に手違いで落とした、ということがありそうだった。

牧先輩と浅田が同意する。浅田が第二講義室のドアに手をかけた。がつん、とドアが引っかかる。

「鍵《かぎ》……？」

今日は第二講義室から頻繁に荷物を出し入れしているはずである。鍵は開きっぱなしだと思っていた。僕が職員室に鍵を取りに行こうとすると、中から声が聞こえた。くぐもって良く聞こえない。僕と浅田が目を合わす。

「ごめん、ちょっと待って」

もう一度聞こえた。はつらつとした、女子の声。

「万里子？」

牧先輩がそう言い、ドアをノックした。瞬間、中で何かが崩れ落ちるような音が聞こえた。荷物を落としたのだろうか。

「大丈夫？」

「ちょっと待ってて！」

中から聞こえた声は桜庭先輩のものだった。中で鍵をかけて何をしているのだろうか。落ちたものを直しているのか、しばらく鍵が開くことはなかった。

「…………」

長い。

数分が経ち、第二講義室の鍵が解錠される音がした。ドアが開き、桜庭先輩が出てきた。ジャージを着ていて、健康的な肌の色を持つ彼女にそれは良く似合っていた。彼女は腕を組んで批判めいた声音で言った。

「もう、どうしたってのよー。びっくりして荷物崩しちゃったじゃない」

第二講義室には、壁を覆《おお》うように段ボール箱が積まれていた。

僕ら三人をぐるりと見回し、浅田で視線が固定された。少しだけ桜庭先輩の表情が緩み、不機嫌な声をあげたことに照れるように視線を伏せた。

「ちょっと探し物。万里子は何してたの？」

「着替えだよ。今日泊まるから」

どうしてわざわざここで？　この学校には女子更衣室というものがある。そこで着替えればよかったのではないのか。そう思うが、すぐに反論が浮かんだ。さっき桜庭先輩は大きな荷物を運んでいた。きっと、ここ、第二講義室に運ぶ荷物だったのだろう。ついでにそこで着替えたのだ。

「それで、探し物って何？」

桜庭先輩が眉をひそめて顔を突きだしてくる。「大丈夫なの？」と続けて呟く。

「ノートですよ。牧先輩の数学のノートが失くなったんです」

僕がそう説明すると、桜庭先輩の表情は更に険しくなった。

「ノート？　……そりゃあ大変だ。牧はノートに凝るからね……。でも、こんなところにはないと思うけど……」

「まあ、一応ですよ」

「そう？　でも、ないと思うけどなー」

結局、浅田に押される形で第二講義室を探すことになった。四人で第二講義室を捜索したが、ノートが見つかることはなかった。

牧先輩の数学のノートは、なかなか見つからなかった。

あれから僕と浅田、牧先輩、桜庭先輩と別れてそれぞれ学校中を探しているのだが、どうにも発見できない。ゴミ箱の中、下駄箱、教室の机の中、どこにも見当たらない。

そもそも明日は紫風祭だ。その前日の夜である今日は、学校中が来場者用になっている。机の中は全て空にし土台などに使われているし、ゴミ箱はいつも使っているものとは違う大きな段ボール製のもので、全て空だ。ここで物を落としたとしても、すぐに見つかりそうなものだった。

僕はもう一度校舎をくまなく探そうと五階に上がった。最上階だった。薄暗い廊下にはもう誰もいない。一目見ただけで、廊下にものが落ちていないことは分かった。それでも僕は教室を一つ一つ確認していくことにした。もしかしたら牧先輩が、ここのどこかの教室に入ったかもしれない。それなら落ちている可能性もある。

捜索を開始しようとした時、一つの扉が開き、中から篠丸先輩が出てきた。札には美術室と書かれている。篠丸先輩は大きく伸びをし、腰を回した。その最中に僕を見つけ、動きを固めた。誰かが見ているとは思わずに驚いたのだろう。

「矢斗くんか。こんなところで何やってるの？　もう二十一時だ、泊まる人以外もう帰ったんじゃない？」

僕はどうしてか少しだけ安心した気持ちになって脱力した。

「一応帰るつもりではいます」

「そうした方がいいよ。後は任せて、帰った帰った」

篠丸先輩が僕の背中を優しく叩《たた》いた。学祭実行委員長じゃないのにこの気遣い。学祭実行委員長である姉よりも、皆への気遣いができている気がする。

「実は、牧先輩の数学のノートが行方不明なんですよ。それが見つかったら帰ろうかと思ってます」

「数学のノート？」

篠丸先輩は、首を傾《かし》げる。

「どうしてこのタイミングで？」

「さあ……。紫風祭の開会式のプログラムをしまうときに気が付いたとか」

いつもにこやかなはずの篠丸先輩は珍しく険しい顔をしていた。

「牧、か」

「……仲良いんですか？」

「以前付き合ってたくらいには」

「……以前お付き合いされてたくらいには」

「そりゃあもうお互いのことは何でも知り尽くしているよ」

「冗談ですよね……？」

「もちろん。自分がどんな筆跡なのか、牧は知らない」

そこなのか。篠丸先輩は手をひらひらさせて答える。

「普通にクラスメイトだし、学祭実行委員も同じだし、そりゃあ仲は良いよ」

思えば当然だった。篠丸先輩は顔が広い。同じ学年の人ならだいたい仲良くなっているだろう。牧先輩は桜庭先輩以外とあまり仲良く話しているイメージがないが、きっと篠丸先輩と牧先輩を二人きりにしたら、普通に話すのだろうと思う。

篠丸先輩が顎《あご》に手を置いて考える。長考だった。

静かになると、外から微かに声が聞こえる。外で作業している人の声だった。その様子を見ようと思ったが、特別棟からは学校の正門側を見ることはできない。職員の駐車場が見えるだけだった。ふと、外から乾いた音が聞こえた。音の先は駐車場の端だ。そこには、蛍光テープが貼ってあるベストを着た男性がいた。慣れた手つきで古い倉庫から段ボールを抱えて運んでいるようだ。ゴミ回収の職員だろう。駐車場側は、学祭前日だというのに閑散としていた。

「うわ、こっちって暗いね」

いつの間にか、篠丸先輩も僕と一緒に外を眺めていた。

「さながら、影って感じだね」

「そうですね」

よく分からずに返事をした。光と影、そういうことだろうか。

「ノート」

体を僕に向け、篠丸先輩が言う。

「学祭後だと、学祭中のごたごたで見つかるものも見つからなくなるだろうね」

探すのなら、今日しかない。しかし、泊まるような人たちはまだ作業が終わっておらず、忙しいだろう。皆で探すのも難しい。

ここは諦めてもらって、誰かにノートをコピーしてもらうしかないだろう。

「…………」

そうすんなりいけばいいが——。僕は少し引っかかっていることがあった。僕が考え始め、お互い無言が数秒続いたところで篠丸先輩が話を切り上げた。

「ノートはこっちでも探してみるよ。なんとかするから、矢斗くんは、今日は早めに休んで。くれぐれも体に気を付けてね」

僕は礼を言い、立ち去った。

校舎内をもう一度探してから、ノート捜索を打ち切った。その後、大講義室に行くと、浅田と篠丸先輩がいた。篠丸先輩が、「まだ帰ってなかったのか」と言った。

浅田が席を立ち上がる。

「春一、見つかった？」

「いや、見つからなかった」

「そっか……」

浅田は分かりやすく落胆した。篠丸先輩がフォローをいれる。

「仕方ないさ。何かに紛れてるってこともあるし。なかなか見つかりはしないよ」

物がノートなのだ。そう簡単に見つかるわけがない。それは牧先輩も分かっているだろう。それでも浅田は自分が見つけられなかったことに罪悪感を覚えているようだった。

しばらくすると、桜庭先輩が来る。

「ノート、あった？」

「いえ、なかったです」

浅田が答えると、「そっか」と、桜庭先輩は目を伏せた。淡泊な反応だった。

静けさの中、篠丸先輩が決断する。

「仕方ない。ノートは諦める他、なさそうだね」

その判断に、誰も反対することはなかった。後は、牧先輩、本人が納得すれば良いだけだ。

「じゃあ、私、連絡するね」

桜庭先輩が、携帯を操作し、電話をかける。相手は牧先輩だろう。

「……うん。……そう、みんないるよ、大講義室。どこにいるの？　…………分かった」

桜庭先輩が携帯を机の上に置き、振り返る。

「牧、今から来るって」

「――みんな、探したけど、見つからなかったんだ」

「そっか……。仕方ないね」

桜庭先輩から説明を受けた牧先輩は、愛想笑いのようなものを浮かべた。

「みんな、何だか大袈裟《おおげさ》になっちゃってごめんね。探してくれてありがとう。お騒がせしました……。もう大丈夫だから」

本人がそう言うのだから、僕らはこれ以上もうどうしようもなかった。

僕は牧先輩を観察する。牧先輩は、桜庭先輩に声をかけて、一緒に大講義室から出ようとしていた。その態度には違和感しかなかった。

「…………」

やはり、おかしい。

不自然な点。それは、ノートを失くしただけで、ここまで大問題にした牧先輩だ。

確かに授業ノートは大切だ。自分の分かりやすい方法でまとめてあるだろう。数学ともなれば、途中計算をどこまでメモするかは十人十色だろうし、個々人によってノートの差が大きくでる。テスト前に失くしたのも痛い部分だ。牧先輩が書くことにこだわっているのも分かる。学祭当日からはもう見つからないだろう。探すのは今しかない。

だが、しかし、だからと言って、皆に捜索を頼むだろうか。皆が暇ならまだ分かるが、学祭前日だ。牧先輩はおとなしく、皆の和を守ろうとする人だ。だから、違和感を覚えた。僕らに頼んだ時も、大袈裟なように見えた。何故《なぜ》、あんな様子だったのか。たかがノートである。

そして今。どうして急にノートを探すのをすっぱり諦めたのか。もう十分探したから？　確かにそうかもしれない。

だけれど、見つからなかったのだ。学祭前日の忙しい時期に皆に捜索を頼むほど大切なノートが、見つからなかった。

それなのに、どうしてショックを受けた様子がまるでないのだろう。

皆に心配をかけまいとしているのか？

何かがおかしい。僕が知らない何かがあるのではないか。それは何なのか。思考が急激に加速を始める——が、停止させる。

この思考に意味はない。

僕は、真っ当な青春を送るのだ。もう二度と、皆の青春には関わらない。今回は「体質」なわけでもない。僕は何も被《こうむ》っているわけではないのだ。それならなおさら、僕がこのことについて思索するのはナンセンスだ。

ミステリに関わることは、僕の過去を——完全に頭から追い出すのを遅れさせるだけだ。一刻も早く僕はあの事を忘れて、そして、青春を送りたいのだ。

僕は隙《すき》あらば思考を始めようとする脳に言い聞かせるように心の中で呟《つぶや》く。

大講義室は、皆疲れもあるのか、どんよりとした雰囲気だった。教室に行ってこのまま眠ってしまおうか。そんな風に思った時だった。大講義室のドアが勢いよく開かれる。

沈殿した空気が舞い散り、空間に緊張感を与えた。

皆が一斉に入口を見つめる。そこには、開会式班の一人、一年の木村が立っていた。息を切らしている。走って来たようだった。皆が訝《いぶか》しむ視線を投げる。

すると、木村は息が整う前に一息に言った。

「紙ふぶきがないです！　半分！」

紙ふぶき。それを使うのは開会式だけだろう。開会式班の班長である桜庭先輩が眉をひそめ、木村に近づく。

「ないってどういうこと？」

「分からないです……。とにかく、半分、失くなってるんです！」

紙ふぶきが、半分ない。

全部で大きな段ボール四つ分あった。そのうちの二つが失くなったということだろう。もう一度探せと桜庭先輩は言うが、木村はもう何度も隅々まで探したと言う。どういうことだ。ノートの次は、紙ふぶき？　何か関係があるのか？　……いや、考えるのはよそう。関係のないことだ。

しかし、今回に限ってはそう簡単に思考停止して良い問題ではなかった。紙ふぶきは、先輩たちから毎年引き継いでいる品だ。毎年の学祭資料を加工し積み上げてきたもので、目に見える歴史であり、先輩からの贈り物であった。それは特別な意味を持つ。失くした、では済まされない。

紙ふぶきがない紫風祭なんて、誰も考えられないだろう。

「ないって何よ。よく探して！」

かすれた大声を出したのは、桜庭先輩だった。木村に詰め寄る。

「いい？　失くなるわけないでしょ。ちゃんと探すのよ」

「もう、あらゆるところを探しましたよ……」

木村が萎縮《いしゅく》する。本当に思いつく場所は全て探したのだろう。でないと、こんな焦《あせ》り方はしない。

「どうすんのよ……」

桜庭先輩がぶつぶつと呟く。教室が異様な緊張感に包まれている。僕が浅田の方を見ると、彼もこちらを見ていた。目が合うと、浅田が寄ってきて、小声で言う。

「ないって、そんなこと、あるのか？」

「考えにくい。……でも、木村くんの反応を見る限り、本当にないんだろ」

「だって、紙ふぶきだぜ？　結構な量あるぞ、あれ」

大きな段ボールに紙ふぶきは詰まっている。異物が入らないように蓋《ふた》こそしてあるが、一目でそれと分かるはずだ。段ボール一つは、一抱え分はあり、視界がふさがるくらいには大きい。

誰かが間違えて移動したなんてことは、ありえない。

つまり、誰かが、意図的に紙ふぶきを移動した——、隠したのだ。

僕はちらりと、篠丸先輩を見るが、目立った反応はなく、事態を静観しているようだった。

3

「いやぁ……、ライブ本当にすごかったな」

隣を歩く早伊原樹里に共感を求める。しかし、次にどこに行こうか考えているのか紫風祭のパンフレットを興味深そうに見つめているだけで、反応しなかった。

僕は無視されたが、今ではそれでむっとしたりはしない。興味がなかったら、お互いの言葉に反応しないのは、僕らの間ではよくあることだった。

早伊原はライブ中、つまらなさそうに携帯をいじっていた。会場にいる女子という女子が熱狂しているというのに。冷めた人間だ。そう言う僕も、立ち上がったりせずに静かに着席して音楽を楽しんでいた。総立ちの中、座って静かにしている二人というのは、今思えば目立っていたかもしれない。

浅田のバンドグループ「@home」のライブは大盛況のうちに幕を閉じた。

ライブを見れば、浅田のモテる理由は嫌というほどに分かる。ギターのソロパートは黄色い声がやまなかった。僕が女子に呼び出される理由の九割が浅田の趣味嗜好《しこう》の情報を求めることであるのも納得できるというものだ。ちなみに、残り一割の理由は「体質」関連でのいざこざと、早伊原や会長、そして上九一色である。

さっきのコスプレ喫茶の続きとして、二階から再びまわることにした。被コスプレ喫茶の三つ隣に一――八のカレー射的なるものが現れる。早伊原が丁度良いものを見つけたとばかりに小走りでその看板まで行き、説明書きを少し読んでから振り返った。営業マン顔負けの見事なスマイルだった。思わず契約書にサインしてしまいそうだ。

しかし僕は、早伊原の笑顔が素敵であればあるほど、それは逆の意味を持つことは経験則で知っていた。それでも僕は敢えて知らないふりをして、微笑《ほほえ》み返す。

「機嫌良さそうだな。どうしたよ」

「足りないんですよねぇ」

「頭が？　考えが？」

ここまでお互い笑顔だったが、早伊原が眉をハの字に下げて、僕にすり寄り上目使いで見てきた。

「愛情が、です。先輩、もっと私に優しくしてください。具体的に言えばもう少し話してください」

「じゃあ今度君に『愛されるための女の行動　～口汚く少しも可愛《かわい》らしさを感じさせない後輩に向けて～』って本をプレゼントしてやるよ」

「ではお返しに『男子力　～ミステリが面白いと思えない心が貧しい先輩に向けて～』を贈りますね」

読者が限定され過ぎている書籍だった。

早伊原はふう、と小さく息をつく。

「どうしてそう、微妙なところで話を止《や》めるんでしょう。篠丸先輩はそれで一体どうしたんですか？」

「考えれば分かるだろ？」

「じゃあ逆の立場だったら先輩は分かるんですか？」

「もちろん」

分かるはずがなかった。

早伊原はそれを見破ったようで僕を見下すように鼻で笑った。

「ほぼ推理は終わっているんです。ここまでの話で、一体どうしてノートが失くなったのかも簡単に想像がつきますし、それがどのように紙ふぶきに通じてくるのかもある程度は絞り込めますよね」

「え……」

全部分かっていた。今回の話の疑問点は、早伊原の言った通りである。全てが解けたというのに、一体何が分からないと言うのだろうか。

謎《なぞ》。『好き』と書かれた紙ふぶきを渡すと結ばれる、藤ヶ崎高校の七不思議。

「でも、なんでそんな噂が立ったんでしょう。噂というのは、確たる証拠や、誰かの行動、噂を流す誰かなど、何かのきっかけが必要なんです。それが、分かりません」

僕は考える。そして思い出す。噂の原因。過去を一通り頭の中で映してみても、やはり分からない。僕は、噂というのは勝手に立つものだと考えていた。

が、良く考えればそんなはずはなかった。誰かが、『好き』と書かれた紙ふぶきがあり、それを好きな人に渡すと結ばれる」と言い始めたのだ。その人物が確実にいる。だとしたら、その人物はどうしてそんな話をしたのだろうか。面白い話をして注目されたいから？　それにしては荒唐無稽《こうとうむけい》すぎる。

おかしい。僕はその全てを知っているはずだ。よく思い出せ――。しかし、深い思考に入る前に早伊原が僕のマントの裾《すそ》を引っ張った。

「先輩。カレー射的で勝負しましょう。負けたら続きを話してください」

――八のカレー射的の看板を指さす。

「まず僕はカレー射的のなんたるかを知らない」

知らない限り、僕は受けるわけにはいかなかった。どこに早伊原の罠《わな》があるのか分からないのだ。

看板には説明が書いてあった。看板の前に立ち、読んでいると、期待した眼差《まなざ》しで店員が見つめてくる。僕はできるだけ気にしないように説明を読んだ。

「……なるほど」

最初、三百円支払ってカレーを買う。その後、屋台でよくあるあの射的を行い、点数が記された的を落とす。その合計点数を使い、カレーのトッピングを買うという制度らしい。チーズは三十点、ゆでたまごは五十点、タルタルソースは六十点、等だ。中にはわさびやデスソースなどもあり、十点だった。あまり射的で点数が取れないと、おいしいトッピングが得られないというシステムらしい。そしてもし一点も取れなくても、カレーなのでそのままおいしくいただけるというのが安心な設計だ。なかなか考えられている。

早伊原はこの射的の点数で勝負しようと言っているのだろう。

どうせ僕は全てを話さない。また途中までで切ればいいだけの話だ。

「……」

どうせなので、ここでうまく条件を出して早伊原の張り付けた笑みを剝《は》がすことにした。

「いいけど、負けた方は、勝った方のカレーを食べるってことでどうだ?」

一瞬きょとんとした早伊原だったが、すぐに意図を理解したのだろう。口端《くちは》を歪《ゆが》めた。

「いいでしょう。受けて立ちます」

この勝負、僕はノーリスクであることに彼女はまだ気付いていない。

「で、先輩、負けたわけですが」

そううまくいくはずもなかった。教室の出口付近で銃を預けると、早伊原が僕に見下した笑みを向けていた。

「たかが十点だろ」

早伊原が二百四十点。僕が二百三十点だった。このカレー射的、来た客の中から全体ランキングを作っており、その一位と二位が僕らに塗り替えられた。僕の成績は、悪くはないのだ。こんなの、運のうちだろう。が、運も実力のうちなのであった。

店員が出口で「お好きなトッピングをどうぞ」と、紙皿に盛りつけられたカレーを差し出してくる。それを受け取り、早伊原がトッピングメニューをくまなく読む。

「春一先輩にどんなおいしいカレーを食べさせてあげましょうか」

顔が完全に、怪しい薬を大きな壺《つぼ》で調合する魔法使いになっていた。

今回は早伊原の表情を歪めることはできなかったが、次に何かあったら彼女のもだえる表情をたっぷりと楽しむことにする。僕はノーリスクでこの勝負を受けたのだ。失敗しても痛くもかゆくもなかった。

早伊原、君は僕のリスク管理の内だ。君がつけてくるトッピングは分かっている――。

「トマトは一つ三十点ですね。じゃあトマト八つでお願いします」

「……えーと」

店員がオーダーを受け、トマトを持って来る。その血の色の物体を知覚した瞬間、僕の体が警報を発する。

「どうしたんですかぁ？」

早伊原が僕の顔を覗《のぞ》き込んでくる。

ここはわさびやデスソースじゃないのか。普通そうするだろう。そして僕は辛い食べ物が大好きなのでノーダメージ、という算段だった。

トマトが八つカレーの上にごろごろと乗せられた。それが早伊原に差し出され、それを早伊原が僕に差し出してくる。

「トマト大好きでしたよね？」

なぜ僕が、トマトが苦手だという情報を知っている。……妹か？　早伊原と僕の妹は繋《つな》がっているのか？

「あ、もう一つの方はゆでたまごを一つトッピングで。……ええ、他はいらないです」

早伊原の分のカレーもトッピングが完了し、僕らは教室に併設された飲食スペースに移動した。テーブルに座る。僕の目の前には、明らかにカレールーより量がありそうなトマトが入ったカレーライスが鎮座していた。カレーライス付きトマトである。

早伊原が両肘《りょうひじ》をついて、自分の頬を包むように両手をあてながら僕を楽しげに見ている。

「ほら先輩、早く食べてくださいよ。好きなんですよね？　トマト」

「……」

「先輩がおいしそうに食事してるところ、見てみたぁい」

「…………」

「そしたら、きっと口もまわりますよね？　ほら、約束ですよ。話してくださいよ、続き」

約束は、約束だ。いくら早伊原が約束を破る奴《やつ》だからと言って、僕まで破ってしまったら、早伊原と同等にまで自分を貶めることになる。それはしたくなかった。

＊＊＊

「どうしてちゃんと管理してないの⁉」

桜庭先輩が鬼の形相で木村を叱《しか》っている。木村は「すみません」と謝り、何度も頭を下げる。

しかし桜庭先輩の機嫌がそれで直るわけがなかった。

「あんた前からそういうところあったよね！　自分の任されたことくらいちゃんとやってよ！」

大講義室にいる僕、浅田、牧先輩はその様子をしばらく見ていたが、浅田が見かねたように苦笑いし、口を開く。

「桜庭先輩。その辺にしましょうよ。しょうがないですって――」

僕はここで既に安心していた。桜庭先輩は、浅田の言う事なら聞くだろうと思ったからだ。しかし――。桜庭先輩は勢いよく振り返り、鋭い視線を浅田に突き刺し言葉を止めた。浅田はぎょっとした顔をし、押し黙る。

「…………」

あまりにも冷静さを失い過ぎていやしないだろうか。桜庭先輩は笑顔が多く、おおざっぱで明るい性格だ。そんな彼女がここまで怒るなんて意外だった。

浅田の言うことはもっともだ。別に木村くんが悪いわけじゃない。ずっと見ておくなんてことは不可能だし、誰かが紙ふぶきを盗むだなんて、誰にも想像がつかない。確かに木村くんは少し抜けたところがあるが、誰が担当したとしてもこうなっていたはずだ。

まだ桜庭先輩は浅田を睨《にら》み付けている。ぴりぴりとした沈黙が続く。

「あ、そういえば」

しかし、それを篠丸先輩が破る。

「……こっちで異物混入の最終確認してると思う」

「え？」

木村に詰め寄っていた桜庭先輩が、意表を突かれた表情をして振り返る。

「数日前に後輩に頼んで、今日運んでもらうようにしてたんだった。ごめん、忘れてた……」

篠丸先輩が視線を落としながら気まずそうに言う。桜庭先輩は懐疑的な視線を送る。

「わざわざ篠丸が？」

「おせっかいだったね」

篠丸先輩の落ち込む様子を見て、桜庭先輩が胸の前で手を振り否定する。

「いやいや。ありがたいけど……、こっちでやったのに」

「今一番忙しいのは桜庭の班だから、手伝えないかと思って」

「まあ、そうだけど」

桜庭先輩が苦笑いする。

「ほんとごめん」

「いいよいいよ、あるならいいって。気にしないで」

桜庭先輩が「あー、心配して損した」と笑ったことにより、空気が和らいだ。やがて、皆はそれぞれの仕事に戻って行った。


僕と浅田は結局学校には泊まらず、終電で家に帰った。桜庭先輩、牧先輩、篠丸先輩らは学校に泊まって次の日を迎えた。

ホールの波状に拡がる座席に全校生徒が集まり、座っている。皆どこかそわそわとしており、静かになることはない。いつもなら問題だが、今この時に限って上出来な雰囲気だった。僕もその一員として座席に座っている。照明が全《すべ》て落とされ、真っ暗になった。皆の声が膨らむ。途端、スポットがステージに当たる。そこには学祭実行委員長である僕の姉、矢斗雪那《ゆきな》が立っていた。大きく息を吸い込み、そして特徴的なハスキーボイスで宣言する。

「いよいよ当日！　皆、当然準備はできてるだろうな。今日一日を、後悔のないように過ごせ！　……ここに紫風祭の開会を宣言する！」

同時にクラッカーの音が鳴り響き、上から紫に輝く大量の紙ふぶきが舞い落ちてくる。上にいる係が紙ふぶきをまいているのだ。それはまるで天井から巨大な藤《ふじ》の房がつりさがっているようだった。

今朝、紙ふぶきのチェックを終えた篠丸先輩が、紙ふぶきを運んできた。

紙ふぶきはカラーフィルターを通され極彩色となったスポットライトに鈍く反射しながら、僕らの元へと落ちてくる。叫び声と共に観客は多いに盛り上がる――。

ふと、ここで斜め前の二人の女子生徒が目につく。校則を順守していそうな落ち着いた雰囲気の女子生徒たちだった。その様子を目撃できたのはたまたまだ。

二人が座ったまま紙ふぶきをキャッチし始めたのだ。僕はそれに眉《まゆ》をひそめる。どうしてそんなことをしているのか、理解できずに凝視してしまう。紙ふぶきが止《や》むまで、二人の生徒は紙ふぶきをキャッチし続けていた。

開会式班のダンスがあり、そのまま開会式は終わった。ホールから出るとき、さっきの女子生徒のとある会話を耳にした。

「見つけた？　私はなかった」

「いいや、なかったよ」

そう言い、二人の生徒は掌に載せた紙ふぶきを見る。各々十枚以上は持っているだろう。

それを横目に、考える。

僕は皆の青春には関わらない。介入しない。その通りだ。ただ、終わった話を少し聞く程度は許されると思った。別に責めたりするわけじゃない。僕は単純にあの人自身に興味があったのだ。だから、どうしてこんなことをしたのか、どういう考えに基づいているのか、ただ単に話をしたかったのだ。

4

僕は、トマトを残してカレーだけを食べる。カレーと一緒にトマトを食べてしまえば楽なのかもと思って一緒に食べてみたが、余計に拒否反応が増すだけだった。トマトはトマトで食べることにした。……まだ、ごろごろと残っている。

僕がトマトに唸る一方で、早伊原は僕の話を聞いた後、無言を貫いていた。推理しているのだろう。

　僕は水を一口飲んで、何気なく窓の外へ視線をやった。正門前の混雑は、ある程度は緩和されている。その中で、一人、目につく人物がいた。校舎の陰になっている部分に、篠丸先輩が立っていたのだ。正門前からは微妙に見えない位置だ。携帯を操作して、壁に寄りかかっていた。誰かと待ち合わせだろうか？　壁に寄りかかっているから、しばらく時間は経《た》っている。学祭実行委員で忙しいというのに、大丈夫だろうか？

「お待たせしました」

　店員に扮《ふん》した生徒がショートケーキを運んでくる。早伊原が注文したものだ。カレーの後にショートケーキはどうなのだろうか。彼女はショートケーキの苺《いちご》をフォークで突き刺し、弄《もてあそ》ぶようにそれで僕の方を指す。

「お前、まさか苺を最初に食べる派なのか」

「推理できました」

　会話が噛《か》み合わないのはいつものことだった。僕は早伊原の推理を聞くことにした。どうせ、分かるはずもないのだ。彼女は、篠丸先輩に興味がない。だから、分かるはずがないのだ。

「順を追って話しますね。まず、『好き』と書かれていた紙ふぶき。それはどこから来たのでしょう」

「紫風祭の紙ふぶきは、毎年の学祭資料を紫の絵の具で染めている。その資料の中に『好き』っていう言葉があったんだろうな」

「それはないです」

「どうして?」

「ちゃんと後で説明します。そんな急《せ》かさないでくださいよ。何を焦ってるんですか」

早伊原が、心を覗き透かしたような笑みを浮かべる。

「とりあえず、紙ふぶきの中に、『好き』と書かれた紙を誰かが入れたのだと、そう仮定しましょうか」

偶然でそんなことが起きるわけがない。ということは、意図的に入れられたものだ。

正解である。

「どうしてそんなことをする必要があったのか? それを考えるために、状況を想像してみましょう。まず、確認です。紙ふぶきは、第二講義室に保管してあったんですよね?」

「……僕がいつそんなことを言った?」

「言っていたじゃないですか。開会式班の物も置いてあるって。つまり、紙ふぶきもあるってことですよね」

早伊原はにやりとして言う。僕は敢《あ》えて紙ふぶきも置いてあるとは言わなかったが、それが逆に不自然で際立《きわだ》ってしまったようだった。

「第二講義室は、人の行き来が割とある場所のようですね。つまり、誰でも紙ふぶきに細工できた」

「……そうなるな」

早伊原が人差し指を立てる。

「まずは、桜庭先輩」

桜庭万里子《まりこ》。明るく快活。開会式班の班長で、牧先輩と仲が良い。浅田が好き。一之瀬先輩も浅田が好きだと知って疎遠《そえん》になった。

「先輩は、桜庭先輩に違和感を覚えていましたよね？」

玄関で会ったときの、足取りのことだろう。

確かに違和感を覚えたが、あれは、荷物が大きいから前が見えにくいという結論に至ったはずだ。

「私は、先輩の観察力を、信頼しています」

早伊原の笑みは絶える気配がない。彼女は、桜庭先輩が何かをしたと疑っているようだった。

「紙ふぶきに混ぜたのですから、紙だと考えられます。その紙を桜庭先輩は体に密着させて隠していたのでしょうね」

　だから、歩き方がおかしかった。浅田に誘われても、隣に座らなかった。何かの拍子で持っている物がバレる危険性もあったために、浅田の手伝いも断り、一人での行動に徹した。

「……段ボールを抱えているんだ。それなら、段ボールに入れればいいだろ。わざわざ体に密着させる必要もない」

「段ボールを開けられてしまったらどうするんですか？　本当に怖い物ほど、より身近に置いておきたいものですよ」

「一つの可能性に過ぎない。そもそも、なぜ桜庭先輩はそんな紙をこそ隠す必要があるんだよ」

「それはですね、先輩。桜庭先輩が持っている紙というのが、――牧先輩のノートだからですよ」

　牧先輩のノート。アーチ製作後に、本人が探すように依頼してきたものだ。

「全く答えになっていないな。牧先輩のノートを、桜庭先輩はどうして誰にもバレないように持っていなくちゃいけないんだ」

「そこです。桜庭先輩は、牧先輩のノートを返すことができなかったのでしょう」

「……皆に騒がれて、大々的に捜索されて、自分が持っていると言い出しにくくなったとか？」

「それでは時系列がバラバラです。ノートが失《な》くなったと牧先輩が言うより前に、桜庭先輩は玄関を通り、おそらく第二講義室に向かっています」

先輩、分かっている癖に。と早伊原が徒《いたず》らに微笑んだ。

「……分からないな。普通に返せばいいようにしか思えない。もし返せないのなら、最初から借りないだろ」

「その通りです」

早伊原が教師が指名するときのように僕を指さす。

「最初は返すことができると思って借りた。しかし、借りてから、返すことができないと判断した。その心境の変化は、そのノートの中身にあると思います。……桜庭先輩は、そのノートの中身を、自分が見たということを、隠したかったんです。一体何が書かれていたんでしょうね」

ここまでは、僕と同じ推理経路をたどっていた。

「桜庭先輩の悪口――」

ぽつりと、早伊原が言う。その言葉に僕は期待した。早伊原と僕の推理がズレるとしたら、ここだと思っていた。しかし、彼女はそんな僕をあざ笑うように続ける。

「――ではないですね。きっと、書かれていたのは、浅田先輩への好意です」

「……どうしてそう思う」

「何せ、噂《うわさ》が、『好き』と書かれた紙ふぶきが混じっている。ですからね」

そうか。一年前の僕と、今の早伊原との違いは、結果が分かっているかどうか、である。

「何で相手が浅田だと思う。別の男子でも良いだろ」

「春一先輩とか？　それはないですね」

……僕だけを否定しなくてもいいのに。

「他の男子ではだめな、浅田先輩である必要があるんですよ。――」

早伊原がつらつらと推理を述べていく。僕はそれを、記憶と照らし合わせていた。

＊＊＊

姉の開会宣言の後、僕はすぐに探索を始めたが、なかなか見つからなかった。どこにいるのだろうと、もう一周全て学校をまわろうとしたところ、発見した。空き缶が山ほど詰め込んであるビニール袋。まるでサンタのプレゼント袋のようなそれを片手に四つずつ持って校舎裏へ向かっていた。

すたすたと歩くその人に、僕は小走りで追いつく。

「篠丸先輩」

呼ぶと、篠丸先輩は足をぴたりと止め、声で誰なのか分かったのだろう。微笑を浮かべて振り返った。

「やあ、春一くん。何やってるの、こんなところで」

「たまたま歩いてたら先輩を見つけたんで追いかけてきました。先輩こそ何やってるんですか」

僕が視線を空き缶袋に向ける。それに気づいた篠丸先輩は、その袋を揺らす。

「季節外れのサンタクロースごっこ」

「空き缶の回収班はいたはずですけど」

「昨日までの分を捨てるの忘れてたみたいでね。外部から人が来るとすぐいっぱいになっちゃうから、ゴミ箱、空にしとかなきゃいけなくて」

篠丸先輩はウインクした。この人がたまにやる動作だった。

ゴミ回収班は、事前に全てのゴミ箱を空にしておかなくてはいけない。それは重要な仕事の一つだったはずだ。それを忘れ、今、篠丸先輩がやっている。昨日、おそらく徹夜して作業していた篠丸先輩が、だ。

「……半分持ちますよ」

「あぁ、子供たちの夢が……」

僕が多少強引に袋を持つと、篠丸先輩が演技じみてそう言った。

二人で校舎裏のゴミ捨て場へと向かった。こっちには模擬店もイベントスペースもなく、職員の駐車場となっているので人気《ひとけ》はなかった。僕は四つのゴミ袋を片手に二つずつ持ちながら、片手で四つ持っている篠丸先輩に話しかけた。

「……どうして、あんなことしたんですか？」

「あんなこと、って？」

篠丸先輩は僕の方を見ない。ただ、少しだけ笑顔が薄くなった。

「勘違いしないでください。決して責めている訳ではないんです。ただ、単純に訳を知りたいんです。もちろん誰にも言いません」

僕は、単純に篠丸先輩のことが知りたいのだ。

「篠丸先輩に悪意なんて少しも持ってないです。むしろその逆です」

「何それ、告白？　いやぁ、矢斗くんは良い子だと思うけど……」

話す気はないのか、篠丸先輩は冗談めかして笑うだけだった。だから、僕は直接的な言葉で言うしかなかったのだ。

「どうして先輩は、紙ふぶきを盗んだんですか」

篠丸先輩は特に反応することはなく、淡々とゴミ捨て場に袋を置き、手を払った。僕も同じようにする。

異物混入の検査、と篠丸先輩は言っていた。しかし、それは嘘《うそ》だ。木村が報告に来て、紙ふぶきがなくなったことに対して桜庭先輩が怒っているのを、しばらく篠丸先輩は見ていた。その間は、明らかにおかしい。すぐに思い出して良いはずだ。

それに、桜庭先輩も訝しんでいたように、開会式班の仕事を無断でとるようなことを、篠丸先輩がするわけがない。

篠丸先輩は紙ふぶきを盗んだ。あの間は、言い訳を考えている間だったのだ。

校舎裏の鉄製の非常階段に、篠丸先輩が腰掛ける。隣に手を置いて僕を座るように促してきたので、僕は座る。篠丸先輩は困り笑いを浮かべて唸《うな》る。

「んー……どこから説明したものか」

この反応で自分の推理が合っていることを直感する。やはり、盗んだのは篠丸先輩だった。

まず、事の発端は牧先輩のノート紛失事件だ。ノートというものは基本的に紛失するようなものではない。机の中や鞄《かばん》に入れておくからだ。

だから、僕は思っていた。ノートの紛失。それは、誰かが無断でノートを借りた結果ではないかと。

牧先輩はノートを取るのがうまいのだと思う。書くのにこだわるタイプだし、ホワイトボードでの説明も分かりやすかった。誰かが借りようと思うのは自然だ。

でもなぜ無断なのか？　それは、借り慣れているからだ。

誰が借りたのか？　すぐ分かる。借り慣れている常連は、牧先輩と仲が良いはずだ。あの時、深夜に残っていたのは限られた人達だけ。そこで仲が良い人物……。

桜庭先輩。

名前で呼ぶほどに牧先輩は桜庭先輩に対して親しみを覚えている。桜庭先輩が常連である可能性は高い。ノートを貸してあげるという話もしていた。

常連ならば、ノートを無断で借りること自体に悪意はなかったはずだ。少し慣れてきて、ちょっとした気持ちで手続きを省略しただけである。

それならば、あんなに事が大きくなる前に、桜庭先輩が牧先輩にノートを返していれば全て収まったのではないか。その通りだ。

だけど、それができなかった。できない理由があった。

それは何か？　何かが、ノートに書かれていたのだ。そしてその書かれていた内容を自分が見たという事実を、桜庭先輩は隠そうとした。それは一体どういったものだろうか。

その瞬間、僕は視線を思い出す。視線には、思った以上に意思が込められる。ノートを探している時の牧先輩が浅田に向ける視線――。それは明らかに普通とは異なっていた。

そこから考える。

ノートに書かれていた内容は、浅田への気持ちではなかったのか。牧先輩は、自分の考えをすぐに書いてまとめようとする癖があるように思える。思い出す時もメモを取っていた。その中で、授業中に、浅田への気持ちをつづったのではないか。

桜庭先輩はそれを見つけ、大きなショックを受けたはずだ。

桜庭先輩はいつも牧先輩に浅田の話をしていた。自分が好きだと公言しているようなものだった。……同じように浅田を好きな牧先輩は、それをどんな気持ちで聞いていたのだろうか。その心中を、桜庭先輩は察したはずだ。

桜庭先輩の行動の選択肢は二つだった。

一つは、正直にラブレターを見てしまったことを言うこと。これはつまり、「お互い好きだったんだね。知らなくて私だけ話してててごめん。でもこっちも譲れないから。お互いがんばろう」ということだ。桜庭先輩と一之瀬先輩が歩んだ道だ。二人の関係に埋まらない溝を作ることになる。

もう一つは、ラブレターを見てしまったという事実を消すということ。これはつまり、「何もなかった。私と牧はこれからも変わらない。浅田くんよりも牧が大切」ということだ。二人は今まで通り過ごすことになる。

「桜庭先輩は、浅田よりも、牧先輩を取ったということですよね」

篠丸先輩が目を見開いて僕を見る。視線を数瞬泳がせた後、感心するように笑った。

そして、長い間、篠丸先輩は黙っていた。僕が確認しようと口を開こうとしたタイミングで、篠丸先輩が口を開いた。

「……へえ。分かってたんだ」

「あの二人は、学祭で仲良くなったんだ。……牧は、最初から桜庭が浅田くんのことを好きだって知ってた。……それでも仲良くしたんだ」

「どうしてですか？」

普通なら、恋愛のライバルというのは仲良くできない気がする。

「情報とかの関係かな。……まあでも、分かる気がするよ。同じ相手が好きなら、どうしても放っておけないでしょ」

そういうものなのだろうか。

「……そしていつの間にか、二人の中で、お互いのことの方が大事になっていった。桜庭は、牧を選んだ。ラブレターを見ていないことにした。ノートを隠し、絶対に見つからないようにする必要があった。……でも、あいつ、どこにノート隠してたと思う？」

僕が「どこでしょう」と言うと、篠丸先輩は耐え切れないように笑った。

「背中だよ。シャツの中に入れて、スカートで固定してたの。……あいつらよく抱き合ったりしてるのに、本当危ないよね」

背中。だから玄関で桜庭先輩を見つけたとき、歩幅が小さく、歩き方に違和感を覚えたのだろう。浅田が誘ったのに、隣に座らないのも変だった。あれは、座れなかったのだ。たぶん篠丸先輩は、その歩き方が変な桜庭先輩に会ったのだ。そして背中のノートを取り出しでもして、話を聞き出した。

確かに大事なものほど身近に置いておきたいものだ。鞄の中に入れても、見られたらすぐにバレてしまう。学校のどこかに隠しても、僕と浅田が実際にしたように全校舎をくまなく探されたら見つかってしまうかもしれない。変なところから出てきたら、それはもう、「桜庭先輩がノートのラブレターを見て、それを見なかったことにしたい」と言っているようなものだ。その意味が透けないように、数学のノートは、神隠しのようにこの世から消え去ってもらう必要があった。

「だから、面倒みたんだ。第二講義室にあった紙ふぶき盗んで、そこにノートを切って混ぜて、開会式と一緒にまいたんだ」

「別に、紙ふぶきを盗まなくても、ただ混ぜればよかったんじゃないですか」

「自分が異物混入のチェックをしているということにしないと、あとで誰かにチェックされてしまう。そのときに見つかっちゃうからね」

言い訳は最初から用意していたのか。じゃあ、あの間は、大した意味はないのだろう。

「……どうしてそこまでするんですか？」

「強いて言えば思いついたから」

そんな適当な理由で……？　むしろ、紙ふぶきに混ぜた方がいろいろとリスクがあるのではないだろうか。

だが、今聞きたいことはそういうことではなかった。

「どうしてそこまで二人のために動けるんですか？」

篠丸先輩は何を聞いているのか分からないというように眉をひそめた。

「理由なんてないよ。たまたま気付いたから」

理由がない。それくらいに当然のことだというのだろうか？

「まあ、せっかく気付いたんだし、って首突っ込んでみたんだよ」

その言葉が、僕に深く突き刺さった。気付いても見て見ぬふりをする僕が、否定されたように感じたからだ。

自分ができることは、しなきゃいけない。そう篠丸先輩は言っている。

確かにそれは正しい。目が曇らず、常に真実さえ見えていれば、間違わなければ、正しい。

篠丸先輩は絶対的な正しさを持っている。「仕方ない」だとか、「そういうもんだ」だとかいう妥協を一切許さない、圧倒的な正しさ、正義。

そこまでやらなくても十分正義だ、ということを何の迷いもなくする。

世の中は偽善に満ちている。

つまり、アピールとしての正義だ。もし社会がなく、周りに誰もいなかったら、正義の行いなんてできないのではないだろうか。まわりの目があり、承認欲があるからこそ、正しい行いができるのではないか。

もしそうなら、それは、偽善だ。

篠丸先輩は、違う。コンビニに募金箱がなかったら現地まで物資を届けに行くような人だ。誰にも何も言われずに、人のことを最初から思いやれる人なのだ。

今の僕は、正しい。

何も、過去でさえも、間違っていない。あの間違いは、今の正しさに繋がる。だから、必要なことだった。

だけど、篠丸先輩を前に、その自分の正しさが薄らいでいく気がした。

＊＊＊

「――浅田先輩へ、である必要性は、桜庭先輩が返さなかったこと、そこにあります。好きな人が被《かぶ》らなかったら別に気まずくもなんともないですからね。春一先輩たちが第二講義室をノックしたとき、桜庭先輩はきっと、ノートを鞄に隠していたのでしょう。そしてそれぞれバラけてノートを探す段階で、焼却炉で焼いたんじゃないですかね」

早伊原の一言が頭に引っかかり、僕の意識を現実に戻す。

「待て」

「……何ですか？」

得意気な語りを途中で止められて気分を害したのか、早伊原は唇を尖《とが》らせる。

「今、なんて？」

「どこですか？」

「なんか、ノートを焼いた、とか言ってなかった？」

「ええ、言いましたよ。桜庭先輩は、ノートを焼いて処分したんです。何かおかしいですか？」

早伊原は間違っている。正解は、篠丸先輩が、桜庭先輩から話を聞いて預かり、篠丸先輩が混ぜた、である。

しかし、ここでわざわざ訂正する必要もない。大した根拠もないようだ。僕は放っておくことにした。

「あれ……？」

そこで決定的な違和感に気が付く。早伊原の推理だと、『好き』と書かれた紙が紙ふぶきに入っていないことになる。そして、早伊原がそのことに気が付いていないはずもなかった。

「この謎は、面白いですね。『好き』と書かれた紙が入っている、というところから始めたのに、結果は、入っていないわけですから」

「……どういうことだ？」

それじゃあ、噂が回らない。

「先輩は、どうしてこんな七不思議ができたと思いますか？」

どうして七不思議になったのか。そんなの決まっている。

「誰かが開会式の後に『好き』と書かれた紙ふぶきを拾って……」

「そんなわけないじゃないですか。誰がただの紙ふぶき拾うんですか」

噂の起源。確たる証拠。誰かの行動。話をする誰か。

言われればそうだが、たまたま以外の説明の方法があるのだろうか。僕は数瞬、様々な可能性を考える。

たまたま以外の説明方法は……ある。…………でも、そうなると。

「噂は、もう既に、去年の開会式の時点であったんですよ」

そういうことになる。

開会式の後ではなく、前。

瞬間、頭を殴られたような衝撃を受ける。思わず「あっ」と声をあげそうになった。

そう言えば、去年の開会式のときに、僕は既に異様な光景を目にしていた。女子生徒が紙ふぶきに手を伸ばしていたのである。あれは、早伊原の発言を裏付ける証拠だ。

――。

じゃあ、それじゃあ、何かが間違っている。決定的なミスがある。全てが、秩序を持っていたじゃないか。篠丸先輩にも確認した。それなのに、これは一体どういうことだ……？

それが導く答えは一つだった。

篠丸先輩の話には、嘘がある。

桜庭先輩がノートを焼却したのだとしたら、紙ふぶきには混じっていない。篠丸先輩は、紙ふぶきを盗んでいない。桜庭先輩はノートを背中に隠していたが、それは焼却炉へ運ぶ方法で、ずっとそこに隠しているつもりではなかった。篠丸先輩が、歩き方が変な桜庭先輩に気付いて話を聞き出したとしても、焼却は完全な方法だ。その計画を止めて、紙ふぶきに混ぜる必要はない。

つまり、篠丸先輩は、何も関与していない。人の上に立つのが得意な篠丸先輩のことだ。二人のことをよく観察して、関係は知っていただろう。ノートが失くなったと僕が報告したときに、全てに気付いていてもおかしくない。そこから、僕に作り話をした。関与していると嘘をついた。なぜ？　分からない。……それよりも、今は真実が重要だ。

「噂は去年の開会式前には既にあったのです。じゃあ、誰が流したんでしょうか？」

「誰だ？　分かってるんだろ？」

早伊原は苛立《いらだ》つ僕を挑発するような笑みを浮かべた。

「牧先輩ですよ」

「……おかしくないか？　というか、意味が分からないんだが」

牧先輩が、「紫風祭の開会式で舞い散る紙ふぶきの中に『好き』と書かれた紙ふぶきがあり、それを好きな人に渡すと結ばれる」と噂を流す理由。そのメリット。

浅田。掃除係。篠丸先輩。美術。簡素なアーチ。……。

関連性のある言葉、そこから派生した単語、違和感が次々と出て来る。

早伊原は携帯でｐｄｆファイルを開いた。そこには役職と人の名前が一覧になっている表が映されていた。どうやって手に入れたのか、その疑問とほぼ同時に、早伊原がライブの時に携帯をいじっていたのを思い出す。あのとき、会長と連絡をとっていたのだろう。生徒会は学祭実行委員を監視する役目を負っている。そのため、学祭関連の資料のファイルは全て保管してあるのだった。

「ここに去年の役職表があります。浅田先輩は、開会式班の片づけ担当もやっていますね。思うに、紙ふぶきの掃除もしていたんじゃないんですか？」

していた。浅田は紙ふぶきを回収する役目だった。紙ふぶきは毎年同じ物を使う。だから全て回収しなくてはならない。

「噂を流したのは、万が一にも、本人に伝わらないようにするため、ですよ」

早伊原は首を傾《かし》げて、語りかけるように言った。

「？　だって、『好き』と書かれた紙ふぶきは、浅田に宛《あ》てたラブレターは、入っていないんだろ？」

すらすらと流れるように推理を述べていく。

「牧先輩は勘違いしていたんです。ノートを探しに第二講義室に行ったとき、着替えにやけに時間がかかったり、第二講義室を探すのに難色を示したり、桜庭先輩の行動はおかしかったです。それは、桜庭先輩の鞄の中にノートが入っていたからなんですが……。そのときに『第二講義室のどこかに隠したのだろう』と牧先輩は思った。しかし、見つからなかった。第二講義室のどこに隠したのだろうか、と牧先輩は気になります」

——そして、後押しするものがあった。

「決め手は、紙ふぶきが失くなったと知ったとき、桜庭先輩は怒りましたよね？　彼女の人柄的に、怒るなんて意外です。実際は班長としての責任感からくる感情だったのでしょうが、牧先輩は『紙ふぶきにノートを混ぜたから』だと思った。第二講義室で紙ふぶきは調べなかったのでしょう。あそこにしかないと勘違いした」

確証はないが、確かに筋は通っている。全ての説明がつく。

「毎年同じものを使っているということは、ずっと掃除をした後に、ほこりなどを紙ふぶきから除くような作業があると考えられます。その作業中に、『浅田』『好き』というワードが入ったラブレターの一部が見つかってしまったら、浅田先輩に訝《いぶか》しまれます。調べられたら、牧先輩が自分に宛てて書いたラブレターだとバレてしまうかもしれない」

「……それは……分かる」

分かるが。

「だから、噂を流したんですよ。皆にラブレターの紙片を回収させるために」

そうすれば、浅田には伝わらない。紙片もばらばらに、それぞれの生徒、約千人の手に渡って行く。そのラブレターが合わさることはない。

その論理は、篠丸先輩のものより説得力があった。篠丸先輩の話では、ノートを手にした桜庭先輩は、その中身を見て返せないことになり、それを篠丸先輩の協力のもと、紙ふぶきにまぜた、ということになる。しかし、結局それでは、どうして噂が、紙ふぶきが舞う前にあったのか、説明できていない。

桜庭先輩は、ノートを手にし、中を見て、返さずに処分することを決めた。背中に隠しながら移動し、第二講義室で着替える。その時には、鞄の中にノートを入れていた。

ここまでは一緒だ。その後。

体操服に着替えた桜庭先輩は、焼却炉でノートを燃やした。体操着に着替えたのは、飛び散る灰で汚れないためでもあったのだと思う。

一方で牧先輩。

彼女は、第二講義室で着替えている桜庭先輩に違和感を覚えた。実際は鞄の中にノートが入っていたから警戒していたのだが、牧先輩は、紙ふぶきに混ぜたのではないかと疑った。しかし、紙ふぶきを盗んで調べても見つけられなかったため、ノートを含んだまま撒《ま》かれ、回収係の浅田に見つかってしまうのを防ぐために、噂を流し、回収係が手を付ける前に一般生徒に回収させようとした。

盗んだ紙ふぶきは篠丸先輩に頼んで戻したのだろう。

だけど。

「ラブレターを書いたんだろ？　だったら牧先輩は、やっぱり浅田に伝えたい、っていう気持ちはなかったのか？」

「好きなら、あったでしょうね」

「…………」

好きじゃ、なかったのか。

牧先輩は、浅田が好きじゃなかったのに、ラブレターを書いた。どうして？　別の目的があった。ラブレターをノートに書く目的――。

「牧先輩は、桜庭先輩に見せるためにラブレターを書いた」

ぼそりと独り言のように僕は口にしていた。早伊原がにっこりと笑顔を深める。

「その通りです。桜庭先輩は牧先輩に、浅田先輩のことが好きなのだと言っていた。牧先輩はそんな桜庭先輩に対して、自分も好きなのだと、ひっそりと伝えた。――好きでもないのに」

謎《なぞ》だ。

――と、ここで思い出す。去年の、篠丸先輩との会話での僕の発言だ。『桜庭先輩は、浅田よりも、牧先輩を取ったということですよね』

これは、牧先輩が浅田のことを好きだという前提で進めた話だ。しかし、好きじゃなかった場合。

結果だけを見る。

桜庭先輩は、浅田ではなく牧先輩を選んだ。

――それが、シンプルな答えなのではないか。

「好きでもないのに、それを主張する理由……、牧先輩は桜庭先輩の反応を見たかったんです」

牧先輩は、浅田の話ばかりする桜庭先輩を見て嫉妬《しっと》のような感情を覚えていたのではないだろうか。友情と恋愛感情は違う。しかし、自分の友人が自分を見てくれていなかったら、それは寂しいのだろう。牧先輩が浅田へ向けていた意味深な視線。あれは、ライバルへの視線だったのかもしれない。一之瀬先輩のこともある。牧先輩は、不安だったのだ。

「自分の方が大切なら、桜庭先輩はノートを隠そうとする。浅田先輩を選ぶのなら、桜庭先輩は正直に言ってくる。そして恋敵としての関係を築くことになる……」

それを試していた。

あくまで試すためのラブレター。それが誤って浅田に伝わってしまったら、それこそいざこざになるだろう。それを避けるために、牧先輩は噂を流した。

「これが、七不思議の正体です。……先輩、私が答えを導くだなんて、思っていませんでしたよね？」

早伊原が勝ち誇ったように僕の顔を、愉快そうに覗き込む。

「あれー？　先輩、どうしたんですか？『推理できないのなら、君が馬鹿《ばか》なだけだ』とか、言ってませんでした？　あっさり答えが出されてしまった気分はどうですかー？」

「……いや、別に……」

「しかも先輩、そもそも何か勘違いしてましたよねー？　良かったですねー？　私の推理で過去を正しく認識できて」

僕の視線の先を塞《ふさ》ぐように、早伊原が僕を覗き込んでくる。右へ逸《そ》らせば右へ来るし、左へ逸らせば左へ来る。

僕は結局、目の前に大量に残ったトマトを見つめることになってしまった。どこを向いても地獄である。

推理力なんて、僕には必要のないものだ。そう自分に言い聞かせていると、トマトが一つスプーンにすくわれ目の前から消えた。

早伊原がおいしそうにトマトを咀嚼《そしゃく》する。

「おいしいですね、トマト。私、トマト大好きなんです」

「そうか、そこまで言うなら全部やるよ」

「嫌いな食べ物を後輩女子に食べてもらう先輩の図って、結構おもしろいから良いですよ」

改めて言葉にして言われると傷付く。

「これはまた皆に話すネタができましたね。『あのね、この前、春一先輩の嫌いなもの、食べてあげたんだー。……ねー、良く分からないけど、苦手なのにたくさん注文しちゃったみたいで。私が全部食べたの。トマト。……いや、そんなことないんだよ？　いつも頼りがいのある男らしい先輩なの。たまーにこういう可愛《かわい》いところもあるんだ』」

早伊原がその場でシミュレーションする。僕の背筋が冷えていく。もうこの噂が出回るのは避けられないのだろう。それならば、潔《いさぎよ》く諦《あきら》めよう。そして、復讐《ふくしゅう》に転じよう。早伊原にエスカルゴを再びご馳走《ちそう》することを心に決めた。

早伊原があっという間に残ったトマトを全て平らげる。席を立った時に、ポケットの中に入れておいた携帯電話が震えた。

「……？」

開くと、会長からのメッセージだった。

『樹里《じゆり》から、紙ふぶきのことについていろいろ聞かれたんだけど、これって答えちゃって大丈夫なのかな？　例えば、今年は『あなたのことが好きです』って書かれた紙ふぶきを手にした人がいることとか』

三章

学校のいたるところに同じラクガキがある理由

1

「先輩、楽しみですね。お化け屋敷」

早伊原《さいばら》が今にもスキップしそうな様子で言う。

彼女が二―一の展示に行きたいと言うので二階に行くことにした。二―一自体の教室は三階にあるのだが、展示は二階だ。これがもし、各々の教室でやるのだったら、自然と、玄関から一番遠い三年生の教室の集客率が悪くなってしまう。その不平等をなくすため、模擬店・展示を希望する団体は皆でくじを引き、場所を決定する。

二階、お化け屋敷に到着する。教室の前の廊下側と教室側で向かい合うように待合席が設けられていた。腰を下ろすと、回転は良いようで次々と前へと進んでいく。最後尾の位置はあまり変わらないので、常に人気なのだろう。

この手のものはいつだって本物、プロには敵《かな》わない。客だってそんなことを期待していない。それなのに、どうしてこう、列まで作ってしまうのか。

「楽しみですね、お化け屋敷」

隣で早伊原が黒い笑みで微笑《ほほえ》みかけてくる。

「ああ、まったく。とても楽しみだ」

「先輩、無理してます？」

「君こそ笑顔が引き攣《つ》ってるように見えるけど」

早伊原がお化け屋敷の前を通る時に、「あっ」と声を上げた。彼女が一瞬だけ眉根《まゆね》を寄せたのを、僕は見逃さなかった。

『お化け屋敷、行きたいみたいだな。僕は外で待ってるから、入って来いよ』

『先輩は入らないんですか？　……怖いんですか？』

『僕が？　そんなわけないだろ。くだらない』

『そんなこともないですよ。入らないのにくだらないと決めつけるのは良くないです。先輩、入って来た方がいいですよ。私は外で待ってますので』

『何言ってんだ。君、お化け屋敷行きたがってただろ？　……それとも何？　今になって怖くなってきたのか？』

……そうして今に至る。

どうしてこうなってしまったのか。早伊原がいけないような気もするし、僕がいけないような気もする。

「時間の無駄だろ。学祭クオリティだぞ。大したものじゃない」

早伊原は両手を軽くにぎり、それで口元を隠すようにし、僕に上目使いをして言う。

「ほら、私って怖がりじゃないですかぁ？　こういうもので慣らしておかないと、友達と遊園地行ったときに馬鹿《ばか》にされちゃいますぅ」

「喜べ世紀の新発見だ。どうやら特定の周波数と音調は、人を殴りたくさせる効果があるみたいだ」

「そんなことがあるんですか。どうりで先輩のこと、たまに殴りたくなるわけですね」

そうこうしている間にも列が進んでいく。僕は少しこめかみに汗がにじむのを感じた。

「君は時間の有用性について考えたことがあるか。一度として同じ時はないんだぞ。もう二度と今は、君の高校一年生の紫風祭は帰ってこないんだ。いいのか、お化け屋敷で。もっと有効な時間の使い方があるはずだ」

「すみません、今、次にどこまわるか考えるので忙しいので黙ってもらえますか」

笑顔で応《こた》えられる。待ち時間を有効活用されていた。

「……早伊原、君はお化け屋敷の愚かさについて考えたことがあるか。そもそも『驚く』という反応は、天敵等から身を守るために発達させた超速反応だ。それをエンターテインメントに使うだなんて嘆かわしいことだと思わないか？　人が自ら、お金まで払って驚かされに行くんだぞ。それで喜んでいるんだ。変態だろ？」

「私は変態ですから」

「…………」

笑顔でそんなことを肯定されても困るし、普通に引く。

「というか、早伊原。君、さっきから視線が落ち着かないな。いいんだぞ、怖いならやめたって」

「いえ、こうやって目の筋肉を鍛えると視力が上がるらしいので」

あ、そう。

そして、ついに僕らの番がやってきた。係の人に案内される。僕は諦《あきら》めて、首から下げている看板と、マントを脱ぎ、血塗《まみ》れの白衣をまとった係の人に預ける。

教室のドアを通されると、そこは暗幕の中だった。小さなスペースがあり、そこにブラウン管テレビが置いてある。きっとここで何か観《み》させられてからお化け屋敷に突入するのだろう。

早伊原は完全に無言になっている。どうしてこうなった。僕らに何の得があるんだ。

「……矢斗《やと》」

一緒に入ってきた係の人に呼び止められる。彼は高瀬《たかせ》祐樹《ゆうき》。浅田のバンドメンバーだ。ボーカルを担当している。心地よく響くテノールボイスの持ち主で、高瀬が授業をしてくれたら授業中に寝る生徒が増えそうだ、と思ったことがある。あまり口数は多くなく、だからと言ってぼうっとしている訳でもない。何かを黙々と考えているような印象を受ける。

僕らは面識がない。僕と話したがる生徒はあまりいないので、何か用事があるのだろう。

「浅田が呼んでた」

「浅田が？」

「急ぎじゃない。学祭がやってる模擬店にいると思うから、通ったら声かけてみて」

「分かった。サンキュー」

携帯を確認すると、確かにメッセージが来ていた。確認した意を込めて既読を付けておく。

「……何だろう」

動画が始まるのを今か今かと待っている早伊原を横に、僕が呟《つぶや》くと、高瀬が答えた。

「学祭実行委員関連のこと、だと思う」

「……あぁ」

一瞬、どうしてそうなったのか分からなかった。彼も頭の回転が速い方らしい。僕は生徒会だ。学祭実行委員は生徒会の下部組織であり、生徒会が監視する役目を負っている。何か学祭実行委員内で問題が発生した場合は、生徒会が解決することになっているのだ。

「学祭実行委員に今年も不満持ってるやつは多い。うちのクラスだって、本当は一階が良かったんだ。それを、学祭実行委員にとられた」

「そうか……」

「……それじゃ」

高瀬がこういうことを言うのが意外だった。……最初からこういう奴《やつ》なのかもしれないが。

学祭実行委員への不満は、毎年多い。模擬店や展示の抽選や、場所決めは熾烈《しれつ》だ。一等地に大したことのない模擬店や、学祭実行委員会で出してる展示ができたりすると、不満は爆発する。でも今年は、あまり聞かない。高瀬が初めてだった。例年凄《すさ》まじいので、相対評価になってしまうのは仕方ない。

高瀬がリモコンのスイッチを押すと、おどろおどろしい病院のシーンが出てきた。それを無言で観ながら僕は言う。

「早伊原、どうやら一列で進むみたいだけど」

「先輩、楽しみにしてましたよね。お先にどうぞ」

「レディーファースト」

「私は彼氏を立てられる良い彼女ですので」

本当、どうしてこうなったのか。

しばらく言い合っていると、高瀬が外から顔だけを出し、「早く行って」と促してきた。


お化け屋敷から生還し請求書を回収した後、僕らは階段を上ることにした。今は二階。教室棟は五階まであるので、とりあえずあとどれだけ請求書を集めればいいのか確認するためにも全《すべ》てまわっておこうと思ったのだ。パンフレットによると、そもそも五階は展示自体多くはなく、すぐにまわることができるだろう。

「……どうしましたか、先輩。さっきから無言ですが」

「そうか？　元気だけど。君こそ声に覇気がないけど」

早伊原が力ない笑みを僕に向ける。僕らはお化け屋敷で終始無言であった。お互い、驚くと無言になるたちらしい。ちなみに、先頭は僕だった。途中で早伊原を前にしようとも思ったのだが、彼女が服にしがみつき、背中にぴったりと隠れるようにしていたので不可能だった。

……でも、まあ、悪くはなかった。真っ当な青春ぽくて、好ましい。このまま何も起こらなければいいのだけれど。

そう思うと引っかかる。さっきの高瀬の言葉だ。何か学祭実行委員会で問題が起きた。でも、僕に電話をしてこないあたり、緊急じゃないのだろう。本当に緊急の場合は、会長に直接連絡するだろうし。

じゃあ大した問題でもないのだろう。

とりあえず、脅威は去った。もう恐れるものは何もない。

「あんまり面白そうなのないですね」

五階まで上ってきた。

早伊原が科学部の展示を覗《のぞ》きながら言う。聞こえたらどうするつもりだ。科学部は液体窒素を使った様々な実験を行っているらしい。僕は何度か、花やゴムボールを凍らせて割ったり、マイスナー効果で浮上させたり等を見たことがあるが、それでも少しだけ興味があった。

が、決め手に欠けたのでスルーすることにした。

やっぱり、一階が一番、興味を惹《ひ》かれるものが多い気がする。それから階を追うごとに興味は失われていく。これは珍しい現象だった。

なぜなら、場所は全てくじで決まるからだ。一番面白いと思う展示が五階なんてことも珍しくはなかった。思い返せば、正門前も人気のメニューが揃《そろ》っていたように思う。

今年のくじは皆、運が良かったらしい。

そもそも全体からしてレベルが高い。液体窒素実験なんて去年やっていたら、そこそこ人が集まっていたと思う。しかし、今年はガラガラである。

教室展示を行いたい団体は多いので、毎回抽選、つまりくじとなる。それで、大御所の団体が落ちたりもするのだが、今年はほとんどそういうことがないように思う。

携帯で時間を確認すると、十四時だった。

ふと窓の外が気になって、窓の縁に腕を置いて下を眺める。外のステージではクイズ大会が開かれているらしい。

早伊原が隣に来て同じように外を見る。身長の関係で窓から頭だけひょっこり出ているようになっている。

「クイズ、司会の人が一番盛り上がってますね」

あれ？　司会は、太《た》ヶ《が》原《はら》先輩じゃないんだな。このステージはずっと担当するものだと思っていた。場を盛り上げるのはうまい人だから、適していると思ったのだが……。別の仕事をしているのだろうか。

それに比べ五階は物静かだ。お化け屋敷でお互い少し疲れたのか、まったりとした空気が流れていた。

だから、五階へ上ってくる二人の足音に、二人の話声に、自然と耳を傾けていた。

「ほんと、貸してもらってよかったです！」

高すぎず、するりと入ってくる声音。抑揚が大きく、感情を読み取るのが容易だ。一方でそれに応対する声はトーンが一定で落ち着きがあるものだった。

「喜んでもらえて貸したこっちも嬉《うれ》しいよ」

「先輩って他に何か趣味ってあるんですか？」

「そうだね……。スポーツはするのも観るのも好きかな」

「サッカー、ですか？」

「お、よく分かったねぇ」

「私も観ますからね！」

「そうなんだ。どこのチームを――」

サッカーの応援しているチームの話になっていく。再び盛り上がる。スペインリーグの同じチームを応援しているようだった。サッカーの話題が収束していく。

「あ、先輩。よかったら洋楽のCD、また貸してくれませんか？」

「もちろん。今度また持って来るよ」

趣味の合う二人だった。……それとも、どちらかが合わせているのだろうか。

「先輩には本当に良くしてもらっています。屋上のこと、教えてくれたのも先輩ですし」

「いやいや、恋する乙女にとってベストな機会だと思ってね」

屋上？　何のことだろうと思うが、名前を呼ばれて考えが遮られる。

「あれ、春一《はるいち》くんだ。早伊原さんも」

落ち着いた声音の方に呼ばれる。振り返ると、篠丸《しのまる》先輩がいた。段ボールを両手で抱え込んでいる。その隣には智世《ともよ》さんがいた。同じように段ボールを抱えていた。笑顔で僕に会釈《えしやく》する。顔を上げた後、もう一度僕と目を合わせにこりと微笑んだ。僕は軽く会釈する。続いて篠丸先輩に「どうも」と軽く頭を下げる。僕の隣にいる早伊原も振り返ってそれぞれにお辞儀をした。

——篠丸先輩。

七不思議の一つ、「紙ふぶき」のことを思い出す。篠丸先輩は、僕に嘘《うそ》をついた。

どうして嘘をついたのか。

それを追及したいと思う気持ちはある。

だけど、それは青春に踏み込む行為だ。僕は篠丸先輩のことを大切に思っている。頼りがいのある、心から尊敬できる先輩だと思っている。だから、きっと、僕が踏み込む余地なんてないのだろう。僕よりも多くを考え、真実を見据え、行動している。僕が何をしたってそれは横槍《よこやり》にしかならない。篠丸先輩は、僕の先を行っている人だ。

だから僕は紙ふぶきの件は、何も話さないことにした。

篠丸先輩が尋ねる。

「こんなところで何してるの？」

「…………」

「ん？　どうかした？」

「ああ、いや。何でもないです」

ぼうっとしてました。と、僕は笑ってごまかす。

「一通りまわってここに行きついたところです」

「もう全部まわったの？」

「くまなく、というわけじゃないですけどね、いつっ」

早伊原が腕にからみついてくる。そして篠丸先輩と智世さんからは見えないように小指を不可能な方向に曲げてきた。変な声が出てしまった。早伊原を睨《にら》むと、彼女は笑顔で僕を一瞥《いちべつ》するだけで、すぐに視線を二人に戻した。

早伊原は篠丸先輩のことが苦手、というか嫌いだ。だから早くこの場から立ち去りたいのだろう。だけど僕は、早伊原のために篠丸先輩との時間を減らすつもりはない。

「先輩たちは何をしているんですか？」

「模擬店、展示の見回り。それぞれから収集した書類がこれだよ。生徒会に迷惑かける前に自分たちで出来ることは解決しときたいからね」

篠丸先輩が得意気な顔で手に持っているのは、請求書だった。

「……」

さすがに僕が集めているというのは分かってしまっているのだろう。その上で対策を講じてきた。僕がこれから請求書を各店舗にもらいに行っても「学祭実行委員に渡したからそこからもらってくれ」と言われてしまうかもしれない。やりにくくなった。

が、そこまで大きな問題でもないだろう。僕はもう半分ほど請求書を手に入れた。この額を参考に、大体のずれを推測できる。

「五階を見回ったら終わりだけどね。……あ、そう言えば、学祭実行でやってる模擬店には行った？　餃子《ぎょうざ》作ってるんだよ」

「いや、行ってないです」

「あ、そうなの。それなら、おいしいからぜひ行ってみて」

なるほど。餃子か。僕は財布の中身が減っている割にお腹が満たされていないので、餃子という単語を聞くだけで口の中に唾液《だえき》が溢《あふ》れてくる。ぜひとも餃子を食べに行くことにしよう。

だけど、その前に。

一つの仮説。

「そう言えば最近、よく篠丸先輩と智世さん、一緒にいますね」

智世さんは一瞬だけ表情を曇らせてから困り笑いのようなものを浮かべた。篠丸先輩は「まあ、そうだね」と認めつつ頭の後ろを掻《か》く。少しだけ間が空く。お互い、相手が何か答えるだろうか、と思っている間だった。「いやぁ」と間を延長しつつ、結局は篠丸先輩が答えた。

「自分が誘ってるんだよ。有望な後輩ってことで、来年は学祭実行委員長をやってもらおうと思っててね」

智世さんが「勉強させてもらってます」と言う。

「………」

観察する。視線、目の開き方、口端《くちは》の力の入り具合、そのタイミング、体の重心の移動、手の位置。それらが二人の関係を物語る。

「今回のも、私の仕事だったんだけど、篠丸先輩と偶然会ってね。手伝ってくれるって声かけてくれたんだ。一人でこれ持つの大変だったから、助かったんだよ」

智世さんが補足説明する。

「ちょうど校舎のところで会ってね」

僕の目元の筋肉がぴくりと反応する。……偶然？　校舎のところで？

篠丸先輩を見る。僕の視線に気づき、笑顔を浮かべた。僕は、篠丸先輩が、校舎の陰に立っていたのを知っている。

そろそろ小指が臨界点を超えそうだったので、この場を離れることにした。

「……それじゃあ先輩。僕らはそろそろ行きますので」

篠丸先輩は「そう」と笑顔で軽く頷《うなず》き、そのまま科学部の方へ向かった。

二人の背中が見えなくなったところで、早伊原に向き直る。彼女は飄々としており、僕とばっちり目を合わせた。

「早伊原……、知らないかもしれないが、実は僕、軟体動物じゃないんだ」

「奇遇ですね。私もです」

「仲間だな、わあい」

お互いわざとらしく微笑み合う。……いや、そういう話じゃない。

「だからさっきの摑み方だと、小指の第二関節が、こう、てこの原理ゆえのパワーをきれいに示してしまうところであって、大変危険だったんだ」

「不注意でした。すみません」

演技っぽく謝る彼女に冷たい視線を浴びせる。

「故意だよな?」

「違いますよ。わざとです」

せめて言い訳しようとする姿勢を見たかった。

「謎があるのに、長々と話してる先輩にも非があります」

「……謎?」

今のどこに謎があったというのか。

早伊原がじっとりとした目で僕を見た後、腕を摑《つか》んでさっきまでいた窓際《まどぎわ》まで連れて行かれる。早伊原が窓の枠の一点をじっと見つめていた。窓のスライド部分の内側だ。意識的に見ないと、人が目を向けないような場所だった。

早伊原の視線に伴い、僕も自然に目が行く。そこにはマジックペンを使用したであろう小さな文字でこう書かれていた。

『今年の学祭実行委員は、不正なくじ引きを行った。許されない行いである。』

「これ、さっき見つけたんです。何だと思いますか？」

彼女は興味深そうに身を乗り出してそのラクガキを観察していた。

2

早伊原はさっきから顎《あご》に人差し指を当てながら、ぺたん、ぺたん、と機械じみた動きで階段を下りている。僕は無言で横を歩きながら「面倒なことになりそうだ」と思っていた。

「さっきのラクガキ、なんだと思います？」

「ただのラクガキだろうな」

学祭実行委員に不満を持っている人は多い。そのうちの一人が、ありもしないことを八つ当たり的に書いただけだろう。

窓枠というのが嫌らしい。ほとんどの人は気付かない。だから見つけた人はより印象に残るのだ。今の早伊原のように。

「先輩、今、学祭実行委員の模擬店に行こうとしてます？」

「浅田が呼んでるらしいしな。そのつもりだけど」

「じゃあ別行動にしましょう」

僕もそちらの方がありがたかった。首肯すると、早伊原が微笑む。

「メッセージ、既読無視したら、私より、浅田先輩を選んだと思って泣いちゃいますから」

そう言い残して、階段を足早に駆け下りて行った。

ぜひ、友達の見てないところで。

僕は息をついて頭を軽く振ってから、そのまま階段を引き返す。誰もいない階段を上り切り、さきほどまでいた窓の縁に腕を置き、その上に顎を乗せた。

喧噪《けんそう》が遠くに聞こえる。この物寂しい感じは、思考するにはぴったりだった。現実が耳元で囁《ささや》き続けているような感覚だ。

「…………」

考えるために、一人になりたかった。早伊原と一緒にいると、彼女に応対するのに全力を使わなければならないため、他のことを思考する余力がほとんどないのだ。しかも彼女は敏感で、何か考えようものなら僕の考えを透かし見ようとしてくる。その対策をしながら考え事をするのは疲れるし、何より考えがまとまらない。

何も起こらなければいい。早伊原と、何もなく学祭がまわればいい。彼女が謎を見つけて来ても、「なんだ、こういうことだったのか」と、それで終わるならいい。

だけど、これは――。

僕は腕を浮かせ、メッセージを確認する。

『今年の学祭実行委員は、不正なくじ引きを行った。許されない行いである。』

極度に角ばった文字。筆跡を隠そうとしている。しかし、ところどころに隠しきれていない癖が残っていた。丸文字、だろうか？

現在、起きていること。それに僕はどう対処するべきだろうか。

今はまだ、たまたま誰かが書いた確率の方が圧倒的に高い。それなら何の問題もない。

ただ、そうでなかった場合――。

いや、杞憂《きゆう》だろう。

結局、この推理には何の確証もない。悪い方に悪い方に、僕が考えてしまっているだけだ。物事を悪い方向へ考えてしまう、それが自分だと、僕は自身と向き合って知った。それなら、気を付けることもできる。今回は、その、僕の悪い思考の癖が出たに過ぎない。まだ何も、決まってはいない。

学祭実行委員の模擬店は、正門前に位置していた。パンフレットを配る学祭実行委員のテントの隣という一等地だ。案の定、列になっていた。

そこで浅田はエプロンにマスク、三角巾《きん》という格好でフライパンを握っていた。隣には、篠丸先輩との見回りを終えた智世さんが立っており、浅田に話しかけていた。

「浅田くん、料理、上手《うま》いんだね！」

「餃子が焼けるのはこのために練習したからだけど。人並みだよ」

浅田はフライパンから目を逸《そ》らさずに答える。そのまま、何かを思い出したように言った。

「……あ、そういえば、屋上のって何？」

……屋上？　そういえば、篠丸先輩との話題でも出ていた単語だ。

智世さんが困ったような笑顔を浮かべながら目をちらちらと背ける。

「それは、……まだね。その時のお楽しみで」

浅田はそんな彼女を一瞥し、「そうか」と言うだけだった。

餃子を焼くフライパンは二つあり、もう一つの方も稼働《かどう》し、別の人が作っていた。受付も含めて、七人いる。具材を皮で包んでいる男子生徒の手際が良くないためか、列がなかなか解消されなかった。浅田がちらりとそちらの男子生徒の方を一瞬気にする。それを智世さんが感じ取ったのか、男子生徒のフォローに向かった。

「大丈夫？　手伝うよ」

「すみません、我利坂《がりざか》先輩、助かります」

「もう、苗字《みょうじ》で呼ばないでってば」

智世さんが笑う。男子生徒は気恥ずかしそうに智世さんと目を合わせずに作業をしていた。

智世さんは自分を苗字で呼ばれるのを嫌う。彼女は清楚《せいそ》で明るく、ポジティブで女性らしい人、という印象を見た目からは受ける。「ガリザカ」というごつい苗字とはイメージが一致しない。だから嫌っているのだろう。

列が進み、僕の前の女子高生二人組だけになる。シンプル系の大人っぽい私服であり、その背伸び加減が逆に高校生であることを物語っていた。他校の生徒だ。そのうちの一人が智世さんを見て、声を上げた。

「智世じゃん！　マジ久しぶり」

智世さんが大袈裟《おおげさ》に反応し、受付に駆け寄る。

「ちーちゃん、久しぶり。来てくれたんだ」

「そうだよ。友達も連れてきた智世がどうしても来てほしいって言うし」

ちーちゃんであろう人の隣の女子がぺこりと頭を下げる。智世も笑顔で返した。ここでちーちゃんは小声になり、にやにやとし出した。

「あの餃子焼いてるのが、――」

友人が智世さんに耳打ちする。

「…………」

その言葉を聞いて、僕はぎょっとする。女子の内緒話というのは、どうしてこう耳に入りやすいのか。

智世さんは、その友人の言葉に、恥ずかしそうに小さく頷いた。

「へえ、イケメンじゃん。頑張ってね、ともちゃん」

そう言ってちーちゃんとその友人は餃子を買って去って行った。

次は僕の番だった。僕は近づき、受付に声をかける。

「餃子一つお願いします」

そう言うと、聞きなれた声に反応するように一瞬浅田の視線が僕に移る。

「お、春一。来てくれたのか」

「遅くなってごめん。結構時間経《た》っちゃったな」

「いいや、大丈夫。……悪いけど智世、ちょっと焼くの交代してもらえる？」

智世さんは笑顔で「分かった」と言い、さっそく作業に取り掛かる。浅田が受付の生徒の肩を叩《たた》いて言う。

「こいつには餃子サービスしてあげて」

後輩なのだろう。受付の彼は黙って指示に従い、餃子が五個乗ったトレーを僕に差し出した。とりあえず受け取る。

「……いいのか？」

「いいよ、どうせ余るんだから。……向こうのベンチで話そう」

浅田が指さした先は、僕が早伊原を待っていた時に座っていたベンチだった。少し混雑から外れており、会話が他に聞かれることもない。

座り、餃子にかぶりついた。うま味の詰まった肉汁が染《し》み渡る。

「……それで、話があるんでしょ？」

浅田は前かがみになり、膝《ひざ》に肘《ひじ》をつき、両掌で顔を覆《おお》っていた。このポーズをするとき、彼は何かを考えている。

「話そうか迷ったんだけど……一応、春一にだけは話しておこうと思って」

まさか、と思う。

一度なら偶然、悪戯《いたずら》、それで済む。しかし、二度となると話は別だ。

「実は、大講義室の黒板に、ラクガキがされてたんだ。場所決めとかのくじ引きが不正だって」

それは、ミステリとなる。

大講義室は、学祭実行委員の控室の役割をしている。しかし、当日は皆忙しいためにあまり来る生徒はいない。浅田のように清掃班として、ゴミ袋等の備品を取りに来る人だけだろう。

「すぐに見て消したけど、もしかしたら俺より前に大講義室に来てた人が見てるかもしれない」

浅田は、僕の判断を待っていたらしい。確かに事が大きい。しかし、僕だからと言って判断できるわけでもなかった。とりあえず誰にも言わないように、とだけ言った。

「……そうか」

「それと、これも。一応」

浅田が携帯の画面を僕に見せる。

「これも何か関係あるかもしれないと思って」

それはメール画面だった。メールアドレスは、見慣れないもので、中身は『あなたのことが好きです』だった。

「これって……」

あなたのことが好きです。このメッセージには、見覚えがある。

「春一、何か知ってるのか？」

「……紙ふぶきの七不思議って知ってるか？」

「あぁ、好きって書いてある紙ふぶきを好きな人に渡すと結ばれるっていう、あれか」

「そうだ。今年、このメールと全く同じ内容のメッセージが書かれた紙ふぶきがあったらしい」

「どういうこと？」

浅田が顔をしかめる。

「いや、僕も分からない。……これ、誰からだ？」

「メアドが、学祭実行委員のメアドなんだよ。学祭実行委員なら誰でも使えるから、特定できない」

「……そっか。分かった。調べてみる」

思わず苦笑いした。

「大丈夫か？　春一」

「……ああ、少し疲れただけ」

浅田が僕の肩を叩く。

そこでふとさっきのことを思い出す。

「聞こえちゃったんだけど、屋上のって何？」

浅田は、「あー」と言いながらこめかみを掻く。

「なんか、今日のキャンプファイヤー中に、智世さんに屋上に呼び出されたんだよね」

浅田は「何だろうね」と首を傾《かし》げる。

本気で言っているのか、こいつは。そんなの、一つしかないだろう。

「……何か、話があるんじゃないの？」

「そうなのか？　だったら機を改めてくれればいいのに。キャンプファイヤー見たいんだけどなー」

「…………」

まあ、きっと、こういうところもモテる要素なのだろう。

浅田が思い出したように言う。

「あ、そうそう。言っておくこと、というか、言っておいた方がいいことがあるんだけど」

「どうした？」

次に浅田が発した言葉に、僕は苦笑いをせざるを得なかった。彼はそんな僕を見てあいまいに笑った。

「じゃあ、俺は戻るわ。サンキュな」

「おう」

浅田が学祭の模擬店に戻っていく。三角巾とエプロン、マスクを着用し、智世さんの隣に入る。智世さんは彼を待っていたかのように、急に笑顔になり、隣にぴったりと並んで作業を始めた。僕は膝に肘を置いて、頬杖《ほおづえ》をつきながらそれを眺める。

好き、とは何か。

姉は「自分が相手を養ってでも一緒にいたいと思ったらそれは愛だ」と言い、生徒会役員の上九一色は「相手にとって都合の良い人間になろうと自主的に思うことが恋だ」と言っていた。どちらも極端だ。

きっと、好きという気持ちは、どんな言葉を用いても、野暮になってしまう。そういう類《たぐい》の、繊細で、神聖な気持ちなのだと思う。

「どの子もおすすめだけど、遠くから観察するより話をして好みを探った方が良いんじゃないかな」

急に話しかけられて、びくりとする。横には篠丸先輩が立っていた。僕の隣に座ってくる。何のことかと思ったが、僕がぼうっと学祭テントを見ていたから変な勘違いをされたのだろう。

「そういうんじゃないですよ」

篠丸先輩が微笑み、正門前の方へ視線を向けた。僕もそちらを見る。そのまま会話をした。

「矢斗くんって好きな人はいるの？」

からかうように、僕を一瞬だけ見る。僕は早伊原樹里《じゅり》と付き合っていることになっている。皆そう思っているだろう。だけど、中には騙《だま》せない人も、いる。

「どこもかしこもそんな話ばかりですね」

「紫風祭だからね。学祭マジックだよ」

「……正直に言えば、好き、という感覚がいまいち分からないんです。たぶん、僕が自分にいろいろ理由を求めるからだと思うんですけどね」

へえ、と感心するような声が漏れる。

「変わったねぇ、矢斗くん」

「そうですか？」

「前の矢斗くんならそんなことは言わないよ。自分がどういう人間か、考えるようになったんだね」

篠丸先輩が足を組んで、冗談めかして言う。

「先輩としてずうずうしく、一つアドバイスしよう。自分と向き合い過ぎるのは、あまり良くない」

「……そうなんですか？　先輩は？」

「自分と向き合ったことなんか、一回もないよ」

その言葉に、不安になる。僕は、正しい道をたどれているのだろうか。……でも、きっと、正しいのだろう。篠丸先輩と僕は、根本的に違う。だから、同じ道をたどっても、違う結果に行きつく。僕の場合はこちらの道で合っている……はずだ。

僕は、篠丸先輩にべったりというわけではない。しかし、僕は篠丸先輩に出会ってから、この人の後をついてきた。篠丸先輩の考え方を真似《まね》て、篠丸先輩になろうとしてきた。だけど、僕は今、篠丸先輩から逸れている。それはとても不安だが、模索するしかない。

「先輩、仕事はいいんですか？」

「まずいだろうね。でも、後輩をある程度困らせないと、成長しないから」

「意外にスパルタですね」

「ずうずうしいんだよ」

篠丸先輩は微笑んだ。

その爽やかな笑顔を見て、僕は、その裏側が存在しないことを再び思い知る。

学祭予算の虚偽申請。それを意図的に行ったのは、篠丸先輩だ。

なんのために。会長は、篠丸先輩が私利私欲のために使うと考えているのだろうか。

僕は、そうは思わない。

でも、それが実際、何に使われるお金なのか。それを暴くなんてことは、僕はしない。

篠丸先輩に、僕は必要ない。

ふと、篠丸先輩を見るために横を向く。

「……」

篠丸先輩は、目を細くして、遠くにある眩しいものをぼうっと見つめているかのように、意識が薄まった表情をしていた。口元にうっすらと笑みを携えているが、そこには不自然な力が加わっていることが何となく分かって、浮いていた。

僕は、篠丸先輩の視線の先を追った。

学祭の模擬店だ。そこには、浅田と智世さんがいる。笑顔で話しながら、調理器具の前に立っている。智世さんが笑いながら浅田の肩を叩いた。

咄嗟に僕は、篠丸先輩に何か声をかけようと思った。しかし、自分が何を言おうとしているのか分からず、そのまま開いた口を閉じた。

気が付いた僕は、篠丸先輩がそうするように、全力で事にあたるべきなのかもしれない。僕もそうしたいと強く思う。何とかしたい。この状況を力ずくで変えて、捻《ね》じ曲げて、人の気持ちを逆手にとって、そして、助けたい。その人にとって良い結果をプレゼントしたい。

――でも、だめだ。

僕は関わってはいけない。手を出したりなんて絶対にしてはいけない。

正しさなんて、正義なんて、僕には実行できない。それは、浅田や篠丸先輩がやることだ。

もし、僕が思っている通りだったら、この謎は早伊原には絶対に解けない。七不思議のように、少ないヒントから知りたい情報を引き寄せるかもしれない――、一瞬思ったが、すぐに否定する。そういう問題ではない。早伊原には解けない。

人を好きになったことがない人間に、この謎を解くことはできないのだ。

だから、僕が何もしなければ、何も起きることはない。

3

理想的な模擬店・展示の内容、場所。今年は不満が少ない学祭実行委員。

くじ引きによる不正。

もし、誰かがくじ引きを操作し、質の良い模擬店・展示を残したとしたら。レベルの高い順番に良い場所を与えるように操作したら――。

しかし、それは不可能に思える。

くじは、段ボールに丸い穴を空けたものの中に、四つ折りにした紙を入れたものである。模擬店・展示ができるかどうかを決めるくじなら、〇か×かが、模擬店・展示の場所を決めるくじなら、場所を示す番号が書いてある。

それを代表者が順番に引いて行くだけだ。不正が入る余地があるだろうか。

「不正なら、すぐに一つだけ思いつきます。くじ製作者と、くじを引く人が示し合わせていた場合です。例えば、○のくじだけ手触りを変えておき、それを予《あらかじ》め、○を与えたい代表者に知らせておくんです」

確かに可能に思える。

しかし、よく考えると不可能なことに気が付く。

「○×はそれでいいかもしれませんが、場所決めはそれでは不可能です。例えば、科学部に対して、五階の場所を引かせるように打ち合わせても、科学部が反対するからです。もっと良い場所をくれと言うでしょう。反対者が出てきた瞬間に、この計画は成り立ちません。万が一にでもこの手法が外部に漏れたら大問題ですから」

早伊原は僕の横に座り、髪をいじりながら言う。浅田から話を聞いた後、早伊原から合流したいという旨《むね》のメッセージが来たので、浅田が去った後のベンチに呼び寄せた。ちなみに、浅田が喋《しゃべ》ったことは早伊原には言っていない。浅田に呼び出されたことに関しては、ただ単にバンドの感想を聞きたかっただけ、ということにしてある。

今このような話になっているのは、早伊原の独自の調査の結果である。僕と別行動をしている間、早伊原は調査をしていたのだ。

「先輩は、くじ引きの不正があったと思いますか？」

「なかったと思うけど」

「やっぱりあると思ってますよね……」

僕の嘘は、ダウトの宣告すらなしに看破されスルーされた。

くじ引きの不正はあっただろう。結果を見れば明らかなのだ。高品質の模擬店と展示。その順番になっている場所。普通のくじではこうはならない。

「早伊原、とりあえず、他にもラクガキがないか調べないか？　ラクガキ犯の考えが分かるかもしれない」

「そうですね。誰かに消されてしまうかもしれませんし」

と、ここで早伊原が唐突に言葉を切る。

「……先輩、何かありました？」

早伊原が横目で僕の瞳《ひとみ》を見つめる。

「いいや、ちょっと疲れてるだけだ」

しばらく僕を見つめた後、「そうですか」と視線を逸らした。

「じゃあ再び二手に分かれましょう。先輩は特別棟とその周辺。私は教室棟とその周辺にします」

そうと決まればさっそく調査である。僕と早伊原はその場で分かれ、それぞれ調査を始めた。僕は特別棟を一階から探すことにした。

特別棟は、部室や特別教室からなる棟で、教室棟と対となっている。よって、構造はほぼ変わらない。一階から五階まで一通り探した。その後、ステージ、模擬店、体育館も調査した。全て調べ終わった僕は、早伊原に連絡して、外のベンチで待つことにした。調査時間は四十分程だった。明らかに人の目につきそうな場所は除き、机の脚やトイレの個室などを探した。

待ち合わせのために再び外のベンチに座る。

時間は十六時。ピークの時間は過ぎているため、人は少なかった。

「はい、これが浅田くんのそうじのチェック場所」

校舎の陰から、篠丸先輩の声が聞こえた。こちらに歩いて来ている。

「ありがとうございます」

「ごめんね。急なことだから、手書きで。読みにくいでしょ」

「いえいえ、大丈夫ですよ。むしろ、手伝ってもらってすみません」

「一人でチェックするのは大変だからね」

その言葉から、しばらく間が空く。

「別にこの質問に他意があるわけじゃないんだけど――」

再び切りだしたのは、篠丸先輩だった。

「はい、何ですか」

答えているのは浅田だった。この二人の組み合わせは案外、見ることが少ない。僕としては、この二人は似ている部分があるので、仲良くなれると思うのだが。

「浅田くんの好きなタイプってどんな人？」

「好きなタイプ、ですか……」

「いや、智世ちゃんのこととかは別に意識しなくていいよ。普通にただの話題だから」

慌《あわ》てるように早口になっている。

ただの会話と言いつつも、二人の間には妙な緊張感が生まれていた。まだ完全には打ち解けておらず、距離や壁がある。浅田は質問の真意をはかりかねて答えを探っている。

浅田の好きなタイプ。僕は友人とあまり恋愛の話をしてこなかった。浅田も例外ではなく、僕は浅田のタイプを知らなかった。無意識に耳をそばだてる。

「んー、年下はいいとは思いますね」

年下、か。

浅田は面倒見が良いので、少しわがままを言ってくれるような子が好きなのかもしれない。逆に尽くしてくるようなタイプは苦手そうだ。だからこそ、浅田のファンは浅田に告白しても振られる。……僕はもちろん年下はまっぴらごめんだ。

「年下かー。確かに浅田くんはお兄ちゃんって感じするよね」

「一人っ子ですけどね。……先輩の好きなタイプは？」

これも興味がある話だった。思わず耳を傾ける。篠丸先輩の好きなタイプは想像がつかない。興味があった。

「タイプか……。考えたことないな。……そうだなぁ。頭が良くて、強い人かな」

頭が良いという条件が、キツい気がする。篠丸先輩より頭の良い人はなかなかいない。

それこそ早伊原レベルでないといけないだろう。

そうか、頭が良くて強い人か、と頭で嚙《か》み砕きながらはっとする。僕がやっていることはまるっきり悪趣味な盗み聞きだった。真っ当な青春からは遠い行為であった。

そこで二人は丁度、校舎の陰から出てきた。僕は会話を聞いていないことをアピールするために慌てて携帯をいじり始めた。気付いたのは篠丸先輩だった。

「あれ、春一くん、何やってるの？」

「どうも、篠丸先輩。吸血鬼は日向《ひなた》に出られないので」

「君は、仮装とかしてなくても吸血鬼っぽいよね」

それはどういう意味だろう。浅田が大笑いする。そんなにしっくりくるのだろうか。

「……餃子食べましたよ。めちゃくちゃおいしかったです」

篠丸先輩は水色のオーラが見えそうな爽《さわ》やかな笑顔を浮かべて「それなら良かった」と言った。そこで浅田が何か思い出したようだった。

「あ、そういえば春一にサービスにしたんですよ。あとで計上しといてください」

「ほいよ、了解」

「すみません。実行委員長なのに模擬店副班長もやらせてしまって……」

「大丈夫だよ。班長の智世ちゃんがよく仕事してくれてるし」

智世さんは模擬店の班長もやっている。

「確かにあいつは良く気付きますよね。模擬店も助かってます」

篠丸先輩は優しい笑みを浮かべる。

「浅田くんは知らないかもしれないけど、他の仕事もいろいろやってくれてるんだよ。来年の紫風祭も期待だね」

智世さんは、確かに率先して仕事をする人だ。いつも笑顔で楽しそうだし、よく気付き、気遣いができる人だった。

「それじゃあ、空き時間だし、模擬店の仕事手伝ってくるよ。智世ちゃんもいるしね。仕事教えてくる」

「俺も後で行きます」

篠丸先輩が腕時計を見る。

「浅田くんはそろそろ校内掃除の時間じゃない？」

浅田は去年に引き続き、清掃班をやっていた。今年は班長であるため、校内、ステージ含め、浅田が全《すべ》てチェックしなくてはならない。

清掃班は学祭実行委員の中で人気の班である。なぜなら、当日に学祭をまわることができるからだ。決まった時間に割り当て場所の掃除をすれば良い。……しかし、中には誰も見ていないのを良いことに適当にそうじをしたり、やらなかったりする人もいる。

汚れている場所があった場合、それは清掃班の班長、浅田の責任になるために、結局全てをチェックする必要があるのだった。

「ええ、それが終わったら空き時間なので」

「いいや、学祭まわってきなよ」

ここで何かに気付いたように篠丸先輩がにやりとする。

「それとも、智世さんと一緒にいたいのかな？」

「いえ、別にそういうわけじゃないですけど」

「もったいないなぁ」

篠丸先輩は悪戯な笑みを浮かべつつそう言い残して模擬店に戻って行った。浅田が取り残される。

「篠丸先輩って、変わった人だよな」

「……そうだね」

変わった人。同意したもののその言い方はあまりしっくりは来ない。確かに稀有《けう》だという意味ではそうだと思う。しかし、変わった人だと言われると、ズレている、というようなニュアンスも含まれる気がする。そのニュアンスについては否定しなくてはいけないだろう。篠丸先輩は、ズレていない。どこまでも真《ま》っ直《す》ぐで、正しい人だ。

僕も過去と向き合うまでは、篠丸先輩を目指している時期があった。しかし、皆の青春に関われない僕には、限界がある。それに、僕はそもそも根っからして篠丸先輩にはなれないのだ。

僕は過去に大きな過《あやま》ちを犯している。

篠丸先輩に出会った頃は、僕は一種あのことを糧《かて》だと思っていた。これからに生かせればそれでいいと。しかし、それは逃げの思考だ。僕は過去の過ちを、あまりの事の大きさに認めることができなかったのだ。向き合うことが怖くて、彼を何とかして切り離そうということばかり考えていた。

過去と向き合ってから、僕があの事を過ちだと認めてから、僕は自分がそういう人間だという認識を持つことになった。

僕は、歪《ゆが》んだ人間だ。黒い部分がある。放っておいたらそれは膨らんで、あっという間に社会から追い出されてしまうだろう。

僕は、正しい人間ではない。

言い訳なくそれを認めることは苦しかったが、必要なことだった。自分を知らなくては、どう対策を打っていいのか分からない。僕は自分を知った。その間違った部分を、直そうという結論に至った。

その対策が、皆の青春に完全に関わらないことなのだ。これは、後ろ向きな感情で決められているわけではない。客観的判断として、黒い部分のある自分は、他人の青春に関わらない方が良い、と決めたのだ。

だから僕は、誰を助けることもできない。篠丸先輩にはなれない。

「そう言えば、お化け屋敷行ったか？」

一瞬にして嫌な記憶が蘇《よみがえ》った。

「二一一でやってるやつ？」

「そうそう。あれ、すげえ人気だって聞いたから」

「……行ったよ」

「マジか！　どうだった？」

浅田は行くつもりなのだろうか。ここは親友としてきっちりと止めてあげよう。中途半端《はんぱ》な気持ちで行くと後悔すると。

「春一先輩が顔面蒼白《そうはく》になって無言になるくらいには迫力がありました」

早伊原がどこからともなく、僕の背後からにゅるんと出てきた。体がびくっと反応する。校舎の陰からこっそり来たのだろう。

浅田が苦笑いすると、早伊原は「どうも」と軽く頭を下げた。

「確かに早伊原が僕の服の裾《すそ》を摑《つか》んで離さないくらいには怖かったかな」

早伊原の眉《まゆ》がぴくりと動く。

「そうですよね。春一先輩が足に力が入らなくて段ボールの壁によりかかってお化け屋敷を破壊しそうになるくらいには怖かったですよね」

「まったくだ。早伊原を前に押し出そうとしたら息を荒げて小刻みに首を横に振るくらいには怖かった」

「ええほんと――」

「と、とりあえず噂《うわさ》通りみたいだな。お化け屋敷、グランプリで二位になりそうなんだって。それくらい人集まってるんだってさ」

浅田が早伊原の発言を遮り、一息に言った。早伊原が僕を睨《ね》め上げていたので、僕は見下ろして口元に小さく笑みを浮かべた。

「グランプリ二位候補なら、やっぱり俺も行かないとなー」

僕らの間の空気を察して、浅田がわざとらしく言う。僕は浅田のために早伊原から目を逸らした。浅田が小さく安堵《あんど》の息をついたのが聞こえた。

グランプリというのは、紫風祭で毎年行われている、模擬店・展示の人気度合ではかったランキングである。これは後夜祭で表彰される。

お化け屋敷は二位か。

「高瀬、喜ぶだろうな。あいつ、お化け屋敷にすごい力入れてたから」

口下手なくせして、代表もやってたし。と浅田は、師が成長した弟子に浮かべるような表情で言った。

「じゃあ俺は、そろそろ清掃の見回りしてくるよ」

そう言ってそそくさと立ち上がり、玄関の方へ姿を消した。清掃までの時間はまだある。

……逃げたな。浅田は、彼の一件から早伊原に苦手意識を持っている。本性を知れば皆、こんなものだろう。

逃げられた本人は気にしていないばかりか、逆に都合が良いとでも言いたげな笑顔で僕の隣に座る。

「で、先輩。どうでしたか？」

「何が？」

「どうして分かり切ったことを聞き返すんですか。調査ですよ。何か見つかりましたか」

考えたくなかった。さっきからわざと自分の思考を濁している。学祭くらい、真っ当な青春を送らせてくれ。そう思うも、既に事件は起こっているのであった。

犯人は分かっていた。

4

「早伊原、そっちは何か見つかったのか？」

ラクガキである。このラクガキには意味がある。だから、サンプルを多く集めるのは大切だ。共通項が自然に分かる。

「ええ、見つかりましたよ。私の観察力をもってすれば楽勝ですね」

「そうか。意外だな」

「先輩は見つからなかったんですか？」

「ひとつも発見できなかった」

僕が担当したのは特別棟とその周辺。ステージ、模擬店、体育館。

「その、どこにも見つからなかった」

「本当ですか……？　先輩、ぼうっとし過ぎじゃないですか」

「ちゃんと探したよ」

僕がため息をついて投げやりに言うと、早伊原は足を組んで呟《つぶや》く。

「私の方は全部で三つ見つかりました……。机の脚。床と壁の間。トイレの床。同じくらい先輩が調べた方にもあったとしたら、全てを先輩が見逃すことはない……」

随分信頼されたものだ。

「私が調べたのは教室棟、そしてその周辺の模擬店、ホールです。見つけられたのは教室棟の中だけ。……窓枠のも含めて、全部で六つになりますね」

早伊原は大講義室に書いてあったものを知らない。それも含めると七つになる。大講義室も教室棟にある。

「文面は全部一緒でした。……何か教室棟だけにラクガキした意味があるんでしょうか？」

「そんなの決まってるだろ。特別棟より教室棟の方が人がたくさんいるからだよ」

僕があっさりそう言うと、早伊原は目を見開いてこちらを見る。信じられないと言いたげだ。

「今回の先輩は随分とやる気ですね。ラクガキを探そうと言い出したのも先輩ですし」

「……事を大きくしたくないだけだ。僕と早伊原だけの範囲で影響を留めたい。ラクガキが誰かに見つかって拡散されたら、大問題になりかねない。そんな青春をぶち壊しにするようなものは、悪だ。許せない」

だから、止める。そう、嘘をついた。それを聞いた早伊原は目に星を入れたかのような笑みを浮かべる。

「ミステリの素晴らしさがようやく分かってきたようですね！　青春できますね」

僕はその言葉を適当にかわす。

早伊原の言う青春は、ミステリを解決し、犯人を明らかにし、制裁を加えることにある。僕が早伊原に干渉し、いくつかを頓挫《とんざ》させてきたが、そうできなかったものもある。早伊原は容赦がない。常に自分の能力を全て使ってミステリに挑み、証拠を掴み、犯人を問い詰める。現に早伊原は、六月に教師を一人辞めさせている。その事件のことは、僕の送るべき青春とは次元が違うことのため、聞かなかったので知らない。しかし、その教師はおそらく裏で何かしていたのだろう。それを早伊原に暴《あば》かれ、退職を余儀なくされた。

自分の青春のために他人に踏み込む早伊原。他人のために自分を捧げる篠丸先輩――。

「早伊原。お前はもう、推理できてるのか？」

ラクガキ犯は誰なのか。ラクガキの目的は何なのか。ラクガキの内容が本当だとしたら、くじ引きの不正はどうやったのか。それを仕組んだ人物は誰なのか。

早伊原を詳しく観察するために見つめると、彼女も僕をじっと見つめていた。お互い目を逸らすことはない。目を逸らすことは弱気なメッセージとなるし、相手の情報も受け取れなくなる。それを僕らはお互い分かっているのだ。

早伊原は、僕を探ろうとしている。僕も、早伊原を探ろうとしている。そこに言葉は存在しない。四か月一緒にいる今も、僕と早伊原のいつもの関係は変わっていない。僕らは二人ではない。一人と一人なのだ。

しばらく見つめ合うと、早伊原がにっこりと微笑《ほほえ》みを深くした。

「先輩は、推理できてるんですね？」

不良が拳《こぶし》で語り合うように、僕らは論理で語り合う。

僕は数秒考えてから首肯した。

「さあ、春一先輩。教えてください」

「もちろん」

僕は早伊原の笑みに応《こた》えるように微笑んだ。

「まず、ラクガキの内容の真偽だが――」

ラクガキの内容。「今年の学祭実行委員は、不正なくじ引きを行った。許されない行いである。」だが、これは真実だ。実際に今年の学祭は非常に質が高い。結果を見れば明らかである。

くじの製作側だけが不正をしようと思っても、くじに手を入れるのは引き手だ。それを誘導するようなことはできない。逆もしかりで、引き手だけが不正をしようと思っても、くじを管理しているのは製作側だ。同じ番号が二枚出てきたり、逆に足りなくなったりしたらすぐに分かってしまう。

今年、学祭実行委員のくじ作りに携わった人間の誰かは、質の高い模擬店・展示だけにしようと決意した。その誰かは、くじで不正をすることにした。

くじは二回行われた。まずは模擬店・展示の出店権利を争うくじ引きだ。○×くじである。これは簡単だ。○くじと×くじの紙質を微妙に変えておく。よく触って確かめれば気付く程度がベストだ。不正することにした誰かは、○くじにしたい団体を選び、その代表者に紙質について伝える。団体の代表者は、責任感が強い。その誘いを断る人間は篠丸先輩くらいだろう。

こうして、誰かの思惑通りに出店する模擬店・展示が決定した。

「なるほどです」

早伊原は素直に首を縦に振っている。ここまで、僕の推理は穴がないようだった。

くじの問題はこの後だった。

場所決めくじである。これはくじに番号が書いてあり、その番号が場所に対応している。特定の番号のくじを引かせる原理は○×くじと一緒だ。手触りや折り方などで区別して指定し、それを予め引き手に知らせておけば良い。

「○×くじの場合は、出店できるかできないかの二択だった。そして団体は皆、出店したい、というたったひとつの目的のみを持っていた。だが、場所決めくじは違う」

正門前の一番正門側が絶対に良い。他は絶対に認めない。という団体が出て来る。一方で、ある程度良い場所ならそれで良い、という団体もいる。団体によって希望がまちまちなのだ。それを精査し、うまく割り振っていかなくてはならない。

ここでのミスは、致命傷になりえる。

例えば、正門前の一番良い場所しか認めないという団体に、教室棟一階を割り振ったとする。その団体は当然怒るだろう。どうしてあんな団体が一番良い場所を取《と》っているんだ。自分たちこそがふさわしかった。あそこだったら、グランプリ一位が獲れたはずなのに。そう思う。

「当然、『学祭実行委員の見る目がなかったせいで』と思う奴《やつ》もいるだろう」

「自分だって不正に加担していたのに」

早伊原が冷めた目で言う。

「それでも、そう思う奴がいても不自然じゃないだろ？」

「そうですね。愚か者がそう考えそうです」

愚か者と、ひとくくりにできるのだろうか。代表者というのは、皆のことを考えなくてはいけない。責任を負っているのだ。ただ責任感が強い、とも言えるだろう。それは必ずしも間違っていることではない。が、早伊原に言っても聞かないだろうと思い口にはしなかった。

「そいつは学祭実行委員に復讐《ふくしゅう》したいと考える。だが、自分が不正をしていたという負い目から、自分の身分を明かしながら主張することはできない」

だからこその、ラクガキだ。

「……人目につくかつかないか、微妙な場所にばかり書いてあったのはどうしてですか？」

「自分が見つからないためだ。明らかに人目につく場所に書いたとする。例えば玄関に掲示するとか。いくら筆跡を隠したとしても、それでは目立ちすぎる。それを設置するときに誰かに見られるかもしれない。一方で人目につきにくい場所への小さなラクガキは、書いているときも人目につきにくい」

よって自分の身分を隠すことができる。

では、犯人は誰だろうか。

模擬店・展示を出店する団体は、グランプリを目指している。指標は人気度、つまり集客数だ。だからこそ、場所は重要なファクターとなり、それだけ問題が大きくなりやすい。

「犯人は、分かっているんですか？」

「……ああ」

強く学祭実行委員を恨むということは、それだけ模擬店・展示に本気であり、グランプリを真剣に狙《ねら》っているということになる。かつ、くじの仕組みを知っていなければならないので、その団体の代表に絞られる。

「今、グランプリ一位になりそうな団体ってどこだと思う？」

「三―三のメンチカツですかね。正門前にあります」

「そうだな。まずそこは外そう。グランプリ一位と噂されているのにラクガキまでする動機がない。そして、グランプリであまりにも下でも意味がない。一番、学祭実行委員に不満を持ちそうなのは、せいぜい十位以内だろう」

それ以下はあまり力を入れていないものも例年入ってくる。

三位と噂されているのは正門前、三―五のからあげだ。そこかもしれない。しかし、ここは場所が良い。最も有力なのは――。

「例えば、暫定《ざんてい》二位の二―一のお化け屋敷。場所は、校舎二階だ」

一階ではない。もし一階だったら、暫定一位と言われていたかもしれない。ギリギリトップになれない。そのボーダーが、お化け屋敷にはある。

「お化け屋敷の代表……高瀬先輩だと言いたいんですか」

早伊原は呟き、視線をぐるりと一周させる。僕の話を実感として落とし込んでいるのだろう。

「妥当な線だろ。……証拠はないけどな」

そして証拠を掴むことなんてできない。

「もう一人の犯人、くじを作り、代表者に話をした人物。これは、くじを作った誰かだろうな」

「……そうですか」

いまいちの反応だ。しかし、最初に証拠はないと言ってある。あくまでも推理だ。以上だ。と言って締める。

証拠こそないが、十分に説得力のある推理だと思う。

「早伊原、納得したならこの話はやめよう。歪んだ青春には関わりたくない」

こんな話、したくはないのだ。早伊原の好奇心は納得しただろうか。確認しようと早伊原を見ると、彼女は俯《うつむ》いていた。

「……どうした？」

尋ねるも、反応はない。僕は眉をひそめる。

「………………」

僕はいつもとは違うぴりぴりとした空気を感じ取っていた。いつになく空気が重い。喧騒《けんそう》が一層遠くに聞こえる。早伊原の一挙手一投足を、僕の目が拾い、脳に伝えてくる。しかし、彼女が何を考えているか分からなかった。

早伊原の目元は髪で見えないが、口を一文字に引き結んでいる。いつもの笑みは、たずさえていない。

「……春一先輩」

やがて、ぽつりと言った。それは憤《いきどお》ったような重々しい声音だった。

「なんだよ……？」

「先輩は、何が変わったんでしょう」

「……何って」

早伊原は俯いたまま口だけを動かす。会話が要領を得ない。

「どうしたんだよ、急に。推理が気に入らないか？」

「先輩は、過去から、辻浦《つじうら》先輩から解放されたはずです」

辻浦。その名が出たことによって体が急に強張《こわば》る。悪寒《おかん》がぞわぞわと背筋を上がってくる。思わず身震いしてしまった。

「過去は、過去になったんじゃないんですか？」

ここで早伊原は顔を上げた。笑っていなかった。早伊原の真顔を見るのは何度目だろう。場違いにも、改めて整った顔だな、と思った。真顔だとそれがより一層際立《きわだ》つ。そしてその作りものじみた顔が、今は僕を恐怖させた。教室で、辻浦に見つかったときのことを思い出す。あの時も、彼は早伊原のように力の抜けた顔をしていた。

呼吸が浅くなる。指が小さく震え始めた。僕は拳を作り、それを止めようとする。しかし、意識するほどに震えは大きくなっていった。

「……過去になっていないみたいですね。先輩は、まだ引きずっているんです」

そんなこと、お前に言われる筋合いはない。これは、僕の問題だ。勝手に僕に踏み込んでくるな。僕はそれをお前に許してなんかいない。

「今、昔のことは関係ないだろ」

少し語調が荒くなった。

「無駄なんですよ。いちいち指摘しないといけませんか？」

「……」

「春一先輩。先輩は確かに私より想像力があります。それは認めましょう。でも、私は先輩を凌《しの》ぐ思考の速さと情報網があります。先輩が嘘《うそ》の推理をしたって、分かるんですよ。もう、匿名《とくめい》メール事件のときみたいには騙されません」

嫌な予感はしていた。

どんなに完璧《かんぺき》な論理だと思っても、早伊原の前ではそれは見破られてしまう。何も隠すことはできない。たとえ、本当に嘘をつきたいときのために、日々の小さい嘘をついた際の反応を敢《あ》えて大きくしていても、だ。最近、僕は早伊原に嘘を多く見破られている。今日も何回か容易《たやす》く看破された。しかし、それは、早伊原に僕の癖をオーバーに覚えさせるための布石だった。

今回の嘘は、僕はわざと反応することはしなかった。隠し通したと思った。

それでも、僕の反応ではなく、論理で、負けてしまった。

「私には、模擬店代表の友人がいます。先輩にも知り合いがたくさんいます。くじ引きの引き手の不正を暴くために、探りを入れてみました。しかし、全員反応はなかったです。十二人まで試して、そこでやめました。引き手は不正をしていない。そう確信できたからです」

早伊原は、ラクガキを発見して僕と分かれた。そのときに調査したのだろう。早伊原は確かに思考が速い。だが、それは脅威とまでは言えない。僕が早伊原よりも先に考え始めればいいだけの話だし、同じ思考経路を辿《たど》ればいずれは同じ結果に行きつくからだ。その差は一分もない。問題は、人脈だ。僕はこれを持っていない。早伊原の脅威は、情報収集能力なのだ。

「それに、模擬店・展示は全部で七十以上あります。七十人が全員不正に協力するとはやっぱり考えにくいですよ」

「……」

その言葉に、小さな違和感を得た。早伊原は、もっと性悪説に寄った考え方をしている人間だと思っていた。

「決め手は、学祭実行委員の模擬店が、一番良い場所を占めていることです」

しまった、と思った。やはり、思考速度も脅威だ。時間がない中で僕が考えた偽《にせ》の解答は、やはり穴が残ってしまう。それを完全に埋めることはできない。早伊原の前では、どんなに小さな穴でも見つけられてしまう。

「おかしいですよね。皆、不満に思うに決まっています」

その通りだ。不正を知っているグランプリに本気の団体が、これを許すはずがない。この不正のうたい文句は、『質の良い順番に、皆の目が留まるようにし、より多くの人に楽しんでもらう』だったはずだ。それで不正をしているという悪行に対して、正義を装《よそお》う言い訳をすることができるからだ。しかし、学祭実行委員が一番良い場所をとってしまっては、このうたい文句が台無しである。

「普通に推理したら、先輩はこんな穴に気が付かないはずがないです。先輩は、何かを取り繕うために、偽の推理を急遽《きゅうきょ》組み立てた。だから、こんな穴にも気が付かなかったんです」

こうなるのか。自信があった推理だったはずなのに、やっぱり、と心のどこかで思ってしまう自分がいる。

僕は嘘をついていた。さっきの推理も、端《はな》から全て嘘だ。僕はそもそもラクガキを特別棟で発見している。僕は、皆の青春に完全に関わらない。そして、青春を壊しかねない者にも触れさせない。

僕は、真犯人を知っている。

「早伊原、君は、……どこまで分かっているんだ」

「そうですね。くじ引きの不正が、引き手は全く知らず、作り手の一方的なものだといいうことは分かっています。くじを引くときの様子を教えてもらいました。学祭実行委員の誰かが、くじ箱を抱えるようにしており、毎回細かく振ってシャッフルしてから引かせていたようですね。時間が押しているからと、すごく急《せ》かしていた。箱が縦長で、くじがぎゅうぎゅうと詰められていて手を入れる穴も小さく、引きづらかったとも言っていました。引く順番も、決められていたみたいですね」

「…………分かっているならそう言えよ」

学祭実行委員の誰か。

その誰かの力により、学祭実行委員の模擬店は一等地を手に入れることができた。これは「質の高い模擬店・展示に優先して良い場所を与える」という考えに矛盾している。

だから、逆に考えればいい。

つまり、「学祭実行委員の模擬店を一等地に置いた上で、できるだけ不満が出ないようにするにはどうしたらいいのか」。

その結果が、「質の良い模擬店・展示に優先して良い場所を与える」となったのだ。質の良い模擬店・展示とは、それだけ本気の団体ということになる。本気で取り組む団体しか、不平不満は言わない。だから、そこだけ押さえておけば良いのだ。

では、学祭実行委員の模擬店が一等地にあることで得をするのは、一体誰だろうか。

実行委員長の篠丸先輩だろうか。

確かに学祭実行委員の模擬店の収益が上がる。しかし、それが篠丸先輩個人の得にはならない。全体の得になるからしたのか？　もしそうなら、学祭実行委員の模擬店を一等地に設置すること自体が全体の得ではない。

収益を上げることはそもそも生徒の得にはならないのだ。だから、それ以外の理由。

正門側は、外から来る客の目に一番留まりやすい。

例えば。

古い友人が遊びに来たときに、何かを見せ付けるため。

『あの餃子《ぎょうざ》焼いてるのが、――』

――彼氏？

ステータスの高い人間を彼氏に仕立てることによって、自らの権威を高めるため。

我利坂智世。

そうだとして、どうやってくじ引きで不正をしたのか。引き手には悟らせず、狙いのものを引いてもらうには、どうしたらいいのか。

早伊原はその方法についてもう分かっている。さっき、言っていた。

まず、くじを引く順番。これは、書類提出順と公言していたが、ある程度操作していただろう。やる気のある集団は結果的に早めに出すので、多少前後しても分かりはしない。それに皆、くじを引く順番にこだわりはない。いつ引いてもくじは確率が変わらないからだ。

　そして、毎回細かく振ってシャッフルさせること。箱の形状。急かすこと。これらが肝となってくる。

「くじの不正は、簡単です。くじの紙の大きさを変えていたんですよ。同じ紙を使っているなら大きい紙の方が重い。重いものは振っていけば自然と沈んでいきますよね。密度の問題です。大きい紙は多く折って、見た目は同じ大きさにしておけばバレないでしょう。」

　大きいものが上に来て、小さいものが沈んでいく。上に良い場所が来て、下に行くにつれ、悪い場所になって行く。先に質の高い団体を引かせている。

　箱の形状は細長く、穴が小さい。それにくじが詰まり過ぎてる。プラス、急かす。これにより、深くまで手を入れられることを防いだのだ。

　皆、手についたものを適当に取る。上から順に取って行くことになる。これで、引き手の知らぬうちに、ある程度ソートされた場所が与えられる。学祭実行委員の確保したかった正門前の場所は、それこそ手触りなどで智世さんに教えておけばいい。重くして沈めておけば智世さんが中盤で引いたとしたら、まず引けるだろう。

　早伊原は、そのことは分かっている。

　ただ、分かっていないこともある。

「先輩は、誰が何のためにラクガキしたのか、分かっているんですか？」

僕はそれに答えなかった。その行為が、僕が知っているということを物語っている。

早伊原は表情を変えずに訴えかけるように言った。

「先輩は、どうしてそんなにミステリに関わるのが嫌なんですか」

もう、策はない。僕は、本音しか投げる球が残っていなかった。

「……僕は」

僕は、彼と対峙《たいじ》して、過去を過去とした。森さんと向き合い、そして、自分とも向き合った。森さんの件で、僕は、人の悪意に敏感で、悪い方向に考えてしまうということが分かった。その勘違いは、僕にとって大きな代償を伴う。

「前から言ってるだろ。皆の青春を、壊したくない」

早伊原が歯ぎしりをした。

「ええ、前から言っていましたね。……でも、以前の先輩とは明らかに違いますよ」

変わった。会長にも、篠丸先輩にも、そう言われた。

「自分自身と向き合うことにしたからな」

早伊原の顔からすうっと表情が消える。

「皆と余計に距離をとることが、その結果ですか。……以前の先輩なら、なんだかんだ言いながらも、自分がしたいと思った行いをしていました。解答用紙を見せたり、原本を確保して真実を問い質《ただ》したり――、そうやって、向き合っていたんです。でも今は、見ないふりをしているだけじゃないですか」

そんなことは、分かっている。握る拳に力が入る。僕は、篠丸先輩を基準にしていた。それを正義の、正しさの指針にしていたのだ。正義の保障があった。だから、皆と少しは関われた。過去から目を背けて「成長のためだ」とか正当化して、失敗の後悔から目を逸《そ》らしていたおかげでもある。

だけど、今は違う。

僕は、今の辻浦に会った。過去の後悔をまざまざと見た。二度とあんなことはしないと、強く誓った。それと同時に、自分が篠丸先輩と根本的に違うということにも気付いた。今の僕は、自分がどう行動したらよいのか、まるで分からないのだ。

「ただ、僕は……正しいことがしたいだけだ」

間違いたくない。絶対に、一歩も、踏み外したくない。

早伊原は「正しいこと」と呟いて、それを鼻で笑った。

「先輩は、……責められるのが怖いんですよ。自分のした行いが正しいのか、自信がない。過去と向き合ったことで、失敗を恐れているだけ。だから、認めてもらいたい。皆に、『正しい』と言ってもらって、安心したいだけ」

――つまり。

「先輩は偽善者なんですよ」

「……偽善、か」

僕は、九千円を募金することができない。人のために罪はかぶれないし、大きなリスクも背負えない。そうする人が、どうしてそうするのかも、理解できない。ただ皆に認められているから、あこがれたから、真似《まね》ただけ。そうかもしれない。

「確かに、僕は偽善者かもしれない」

「偽善者は、総じてクズです」

そう言い切った彼女には、自信があふれていた。その言葉が真実だと思わせる迫力があった。

「僕は確かに、自分の行いの基準を他人に預け、いざ自分の意思でとなったら動けない。偽善者だ。だけどな、早伊原。そうしたら、それは君もだ。君だって偽善者だ」

本当に正しいことをし続けられるのは、ごく一部の限られた人間だけだ。僕も早伊原も、そうではない。

「君だって、周りに合わせている。クラスである程度の地位を手に入れるために、飾っている。認められるために、人に優しくしているだろ。それは偽善じゃないのか」

そんな君だ。僕を批判する資格なんかないだろう。

早伊原は「ふふっ」と心の底からおかしさがこぼれ出たように笑う。

「知らなかったんですか、先輩――」

早伊原は、僕を身震いさせるような笑みを浮かべる。その瞳の奥に秘められた思いは、深くて、黒くて、僕には分からなかった。彼女は僕の手を取って、両手で包み込むようにして、ゆっくりと言う。

「――私はクズですよ」

ぞっとする。早伊原は――君は、自分を全て肯定している人間じゃないのか。

「でも、それを自覚していないドクズより随分とマシなクズです」

早伊原は、一種、開き直っている。

「私は別に、悪い意味で偽善者と言ったわけではないです」

偽善者に、良い意味なんてないだろう。

「偽善でいいんです。むしろ、偽善以外に何があるというんですか。『誰かのため』というのは、結局、関係を円滑にしたり、自分を罪悪感から救ったり、承認欲を満たしたり、突き詰めれば全部が全部、自分のためなんですよ。誰もが自分のために行動する。その結果、誰かのためになる。それでいいんです。結局人間は自分のためだけにしか行動できないんですから。どうか先輩、それを分かってください」

早伊原はさらりとそんなことを言う。彼女の生きてきた道がぼんやりと見えた気がした。

だからきっと、早伊原は篠丸先輩や浅田が苦手なのだろう。何を考えているか分からないからだ。篠丸先輩や浅田の行動は、決して自分のためには繋《つな》がらない。その行動によって肥やしを得ていてくれた方が、早伊原は安心し、信用できるのだ。

そして、僕が何もしないという選択をし、自分のしたい行動を押さえつけているように見えて、早伊原はいらついているのだろう。

「先輩には能力があります。それを、自分のために使うべきです。自分が嫌だと思うなら、壊せばいい。自分が良いと思うなら、認めさせればいい。……先輩は、皆の反感を買わずに、それを出来る能力を持っているはずです。皆の青春を壊したくない？　そんな意味不明な理由で、自分の能力を無駄にしないでください。善行なんて、全て偽善なのだと早く気付いてください」

姉に言われたことがある。「お前はよく人を見ている」と。確かに、僕は人より気付くことが多い。だからこそ、何か手助けしたくなる。だけど、それは間違いだ。森が焼けることは、後に森に繁栄をもたらす。それを消し止めるのは、害でしかない。

「先輩。そんなところで立ち止まらず、自分のしたいようにしてください。本当の正しさなんて、探すだけ無駄ですから」

早伊原は立ち上がり、スカートを払う。そして僕を見ずに、そっと言葉をその場に落とす。そして、そのまま彼女は立ち去った。

四章

シフトに入らなかったことになっている理由

1

早伊原《さいばら》はどこへ行ったのだろう。僕はつい早歩きになってしまっていた。学校中を探しても、早伊原はなかなか見つからない。

早伊原の靴箱を確認する。上履きが残っていた。つまり、早伊原は外だ。外履きに履き替え玄関をくぐった。人通りが多い正門前をとりあえず一周しようと人混みに足を踏み入れる。擦れ違う人の中から早伊原の姿を探す。それらしき人影は見つからない。早伊原は背が低いため、集団の中から探し出すのは容易ではない。

僕はあまり人目につきたくなかった。まわりを警戒しつつ、人を探すのは困難を極めた。

焦《あせ》りが僕のこめかみに汗を伝わらせる。

早伊原は、犯人を突き止め、何かしようとするのではないか。早伊原は比較的、自分に直接関係がないことに関しては、犯人を徹底的に追い詰めようとはしない。しかし、それは僕が我慢させているだけだ。僕がいなければ、彼女は所構わず、犯人を指摘して、犯行を明るみに出すだろう。

僕はそれをどうにかしたいと思った——。

ふと、その思考に引っかかりを覚える。

僕は、皆の青春に関わらないことにした。頼まれても、首をつっこむことは止《や》めにしたのだ。なぜか。誰かの青春を壊すのは、悪だからだ。正しくないことだからだ。正義ではないからだ。

じゃあ、不正を暴《あば》き、それを皆に公表するのは？　悪だろうか。正しくないだろうか。

……違う。そうじゃない。それは、正しいことだ。たとえ、結果が良くなろうが、決まりを破ることは悪だ。

だったら、早伊原の行いは好ましいことじゃないか。

オセロのように、頭の中で次々と色が変わっていく。足が止まった。

いや、でも。

大事《おおごと》にしたくない。大事にしてしまうこともまた、誰かの青春に消えない傷を残すことになる。それだって間違っている。だからこそ、僕はさせなかった。

……どちらが正しいのか。何が正しいのか。

もう、分からない。分からないことだらけだ。一体何が正しくて、間違っていて、何をすれば皆が、僕が、幸せになるのかが、分からない。

僕は、何をしたらいい。

今、僕が見えている景色は、見えているままで認識してしまっていいのだろうか。言ってくれれば、楽なのに。自分が置かれている状況を嘆いて、泣いて、叫んでくれればいいのに。そうしない。だから、本当なのかどうか、何も分からない。

僕はいつの間にか早伊原を探す目を休めていた。集団に流されるがままになり、正門前の一帯からはじき出される。すると、目の前に見知った顔があった。

「あれ、春一《はるいち》くん。どうしたの、そんなところで」

会長が、からあげをかじりながら言った。

「飲み物買ってくるからちょっと待っててね」

「すみません……」

会長はにこりと笑顔を浮かべ、部屋から去っていく。

会長に連れられてきたのは生徒会室だった。中央の長机には資料が一塊積んであるだけで、きれいに整頓《せいとん》されている。ホワイトボードには、学祭関係の言葉が乱雑に書きなぐられていた。学祭資料のチェックを行っていたのだ。学祭が終わるまでボードはこのままだろう。

会長と早伊原樹里《じゅり》は、似ていない。良く見れば顔のパーツは似ているのだが、纏《まと》う雰囲気がまるで違うからだろう。同じ笑顔のはずなのに、僕が受ける印象も真逆だ。どうして姉妹なのにここまで違うのだろう。姉妹だからこそ、ここまで違うのか。家族等、小さな集団の中では、同じ役目の人間は、二人は存在できない。似ている姉妹、兄弟はあまりいない気がする。

早伊原は、会長あってこその早伊原なのだろう。

僕が、姉と妹がいてこその僕であるように。

「お待たせ」

先輩は柑橘《かんきつ》系の缶ジュースを両手に持っていた。一本を僕に渡す。

「ありがとうございます」

僕が財布を取り出そうとすると、止められた。いつも妹がお世話になっている、ほんのお返し。らしい。ありがたく受け取ることにした。開けて一口飲む。

「あ、吸血鬼だし、トマトジュースの方が良かったかな？」

会長は悪戯《いたずら》な笑みを浮かべる。

「自販機にないですよ、トマトジュース」

「ありゃ、知ってたか。それにしても、吸血鬼、様になってるね。……だからこそ、下げてる看板がシュール」

会長はそう言ってくすくす笑った。僕も釣られ、少し笑顔になった。

「会長も吸血鬼やってみますか」

僕がマントに手をかけると、会長は目を輝かせた。

「やるやる！　昔から憧《あこが》れてたんだよね、吸血鬼。ま、女の子は皆好きか」

そうなのだろうか。確かにドラキュラだとか吸血鬼だとか、少女漫画に良く出て来るような気がする。妹が読め読めうるさかったのも、吸血鬼ものだった気がする。ブームがあったのだろう。

マントを外し、会長に着させてみる。

「………………何か思ってたのと違う」

マントは長いので、女子の背丈だとずるずると引きずって格好良くない。うりゃ、と会長が一回転し、裾《すそ》が広がる。黒いてるてるぼうずにしか見えない。

「わー、似合いますよ会長」

「春一くんって本当にお世辞、下手くそだよね」

「素直なんです」

「馬鹿《ばか》正直なんだね」

会長はのっぺりとした表情で言う。

「これ下げるともっと良いかもしれません」

首に看板を下げてあげた。

「こっちの方が似合いますね。田んぼとかにいそうです」

「かかしって言いたいんだね」

会長はいそいそと看板を外し始める。マントを脱ぎながら、僕の目を見ずにそれとなく言った。

「何かあったの？」

突然の切り込みに、僕は戸惑う。何か。何かがあったのか。

「……分からないんです」

ジュースを一口含む。

「自分の大切なものを差し出して、本当に平気でいられる人っているんでしょうか」

会長は自分の分のジュースを開け、半分ほどを一気にあおった。それから、しばらく間を空けてから、会長が答える。

「……また難しいこと考えてるんだね、春一くんは」

何の見返りも期待せずに、相手にとってはさほど欲しくないものであったとしても、自分にとってとても大切なものだとしても、誰かのために喜んで差し出せる。そんな人間は、いるのだろうか。

「先輩は、例えば、ボランティアのような行為を正しいと思いますか」

「思うよー。尊い行為じゃないかな」

何の見返りも求めず、相手に差し出す行為。

「僕も尊い行為だと思います。素晴らしく正しく、皆がそうあればいいと思います。……だけど、本当にそんなことできるんでしょうか。『ありがとう』の言葉すら期待せずに、無視されても、喜んで相手に奉仕し続けることなんて、人間は、可能なんでしょうか」

「そういう人だっているんじゃないかな」

即答。会長は少なからずそういう行為をしたことがあるのだ。電車で席を譲る理由が「まわりから白い目で見られるから」とか「社会的に良いとされているから」じゃなくて、「きっと大変だろうから」なのだろう。何のルールも設けられなくても、社会的な生活が営める人間なのだ。

僕は、自信がない。

どうして自分がこんなことをしなくちゃいけないのか、とか思ってしまいそうだ。自分の良心が信じられない。

早伊原は、最初から良心なんて概念を取り入れていない。自分の行いが正しいか間違っているかなんていう観点で自分の行動を見ない。ただ、自分がそうしたいかどうか、自分に都合が良いかどうか、それだけで行動している。

だから、ボランティアするような人を「気持ち悪い」と言い遠ざける。

「……でも、そうだね。多くの人は、きっと見返りを求めちゃってるんだろうけど。私はそれでもいいと思うけどね」

「……そうですか」

よく考えたことがないから分からないけどね、と会長は笑った。

「ありがとうございます。参考になりました」

「だといいんだけど。……それで、春一くん」

会長が僕に期待の視線を浴びせてくる。それで気が付いた。

「分かってますよ。請求書ですね」

僕は鞄《かばん》からクリアファイルを会長に渡す。そこには全部で三十五枚の請求書があった。約半数である。

「他は篠丸《しのまる》先輩に先回りされてしまって回収できませんでした」

会長がそれをむんずと掴《つか》み、何枚か凝視して確認する。そしてぱあっと笑顔になる。

「すごい！　ありがとう」

頭を撫《な》でられるが、気恥ずかしいため離れると、今度は頭をつかまれ「うりうり」と髪をぐしゃぐしゃにされた。

「ちょっと、やめてください……」

僕がやっとのことで会長から逃れると、「うぶいやつめ」とにやついていた。

「平均化して、ない請求書の部分を計算すると、ざっと十万円くらい予算と差がありますね」

「十万円……」

「何に使うかは？」

「それはさっぱりです」

「なんなの！　絶対暴いてやる！　悔しい……」

「…………」

会長が地団駄を踏む。たまにこの人が先輩だということを忘れてしまう。

「僕に何かできることはありますか？」

「篠丸見つけたら問い詰めておいて。春一くんには弱いから」

「弱いんですか」

「先輩は、慕ってくる後輩には弱いもんなの」

「なるほど……」

でも、篠丸先輩は飄々《ひょうひょう》としているところがある。僕にだって教えてくれなさそうだ。

「あ、そうだ」

会長が僕を指さす。

「どうしました？」

「さっき、あの人に会ったわよ。春一くんのこと探してた」

「ああ……」

同じことは、浅田にも言われていた。僕は浅田に言われたときと同じように苦笑いする。

「連絡はしないでくださいね」

僕はその後、会長に礼を言ってから立ち去った。


会長の話は、結果としてあまり参考にならなかった。

結局僕は、分からないままだ。今の僕の認識が正しいのかどうか、分からない。

それでも、心は休まった。会長に感謝しつつ、僕は篠丸先輩に話を聞きに行こうと思った。篠丸先輩はどこにいるだろうか。模擬店が忙しいみたいだったので、そこにいるかもしれないと思い、正門に足を向けることにした。

その際、一番近い道を行くと、自分のクラスの模擬店の前を通る。少し様子を見ておこうか。僕は外周りをするということで、当日はシフトに入らずに済んだのだ。……僕と一緒にシフトを組みたい人がいなかったというのも、もちろんあるだろうが。とにかく、それを引け目に感じている部分があった。

僕のクラス、二―三のお化け屋敷喫茶は、二階の入り口側でやっている。くじ引きトリックから考えるに、学祭実行委員にはなかなかに評価してもらえたらしかった。

教室前は、列にこそなっていないが、人の出入りが比較的あるようで、今も一組入って行った。

教室の前側の入り口は関係者専用となっており、待機所になっている。調理室で作られたメニューを運び、ここで一時待機させておくのだ。後ろ側の入り口から入るとホールとなっており、待機所とホールはカーテンで仕切られている。

僕が前側の入り口を開ける。中は薄暗く、ブルーのライトが寒々しくぼんやりと光っているのみだった。扉を開けただけでは光が入らないように工夫された暗幕を抜けると、細長いキッチンに二人いた。一人は西宮《にしみや》で、もう一人は阿久津《あくつ》だった。西宮は、カンニング事件で僕と接点があった小柄な男子生徒で、阿久津はゲーム集団の一人だった。阿久津とは特に接点がないので、僕にはそういうイメージしかなかった。

「あっ」

西宮が僕の顔を見て明らかに動揺した反応を見せた。なんだろうと思ったが、ただ驚いただけかもしれないと思ってスルーした。

「どう？　客入ってる？」

「おい、矢斗《やと》」

僕が西宮に話しかけると、阿久津が割って入ってきた。目つきや態度から明らかな敵意を感じた。

「……何？」

「何、じゃないでしょ」

阿久津は苛《いら》ついたように苦笑いを浮かべた。

「何、シフトすっぽかしてんだよ。大変だったんだぞ。お前、覚悟しといた方がいいよ」

「は……？」

シフトには、僕は入っていないはずだった。その代わり、宣伝を一日中する。そういう約束になっている。

「ちょっと、智世《ともよ》さん呼んでくるから」

そう言って、彼は教室から出て行った。

「あの、……矢斗くん」

西宮がおそるおそる僕に話しかけてくる。僕は呆然《ぼうぜん》としていたと思う。

「シフトのこと、ちょっとやばいと思う……。どうしてこなかったの？」

「どうしてって……」

どうしても何もない。何かが、起きている。

シフト。約束。シフト表。画像……思考が繋《つな》がる。そして、記憶と擦り合わせていく。

2

「矢斗くん」

紫風祭の十日前の放課後、僕が生徒会準備室に行こうと席を立ち上がると、智世さんが小走り気味に僕に寄って来た。パーマの当てられた髪がくすぐったそうにゆらゆらと揺れる。僕と目線を合わせるように、僕の隣の浅田の席に自然と座る。あまりの自然さに感動していると、智世さんは「お願いがあるんだけど」と、眉《まゆ》を下げて言ってくる。

「……」

毎日早伊原と話をしている僕からすると、これくらいの作られた表情は容易に見破れるのであった。

「お願いって？」

「うちのクラス、お化け屋敷喫茶するでしょ？」

「そうだね」

ここから確認してくるのか。毎日なんだかんだ理由を付けて、浅田がいないときは教室にいない僕ではあるが、お化け屋敷喫茶をやることくらいは知っている。

「それで、矢斗くんにシフト表を作ってほしいんだ」

「シフト表？」

智世さんは「あっ」と言って小さく手を叩《たた》く。そして鞄から紙を一枚取り出した。行動がいちいちわざとらしい。というかわざとだ。

「これが、皆の希望の時間帯なんだけど、私って、こういうの苦手で……矢斗くん、頭良いからお願いできるかなって……」

智世さんは、学祭実行委員をやりつつ、その方面からクラスのとりまとめも行っていた。仕事の割り振りも彼女の役目なのだ。

「はあ。別にいいけど」

「よかった！　本当に助かるよ」

クラスのことにあまり参加していない罪悪感はあった。それに、シフト表を作るくらいあまり手間ではない。

「シフトは一時間交代で、ホールに三人。キッチンに三人。開店が十時で、閉店が十七時。うちのクラスは四十四人だから……委員会や部活とかで入れない人を除いても一人一回入ればいけるかな？」

……智世さんでもシフト表、作れるんじゃないかな。

「自分のシフトも適当に決めちゃっていいの？」

「あ、そのことなんだけど、矢斗くん。広報担当やってみない？」

「広報担当って？」

「シフトに入らなくてもいい代わりに、仮装して首から看板下げて学祭まわるの。それでうちのクラスの宣伝をしてもらうってわけ」

なるほど……。僕がクラスにうまく馴染《なじ》めていないことは智世さんも良く分かっている。だからこそ、お互い嫌な思いをしないようにする措置なのだろう。見事にウィンウィンの取引だった。

「へえ、それやってみたいな」

「ほんと？　よかった……」

智世さんはいちいち表情の作り方や行動が大袈裟《おおげさ》だった。しかも、どれもが巧妙で、自然だ。わざとやっていると気付く人は少ないだろう。

これが全《すべ》て自然に見えているなら、天然キャラを偽装できる。そして天然キャラはいじられ愛されキャラと相場が決まっている。彼女の場合はそれだけではない。その上で皆をまとめるリーダーシップ性もあるのだ。天然キャラなのに、ここぞという場面で信頼されている。だからこそ、スクールカースト首位をキープし続けているのだろう。

「じゃあシフト作っておくね」

「作ったら、このメアドに送ってくれると助かる！」

智世さんは作り笑顔で、僕と連絡先の交換を申し出てきた。

次の日、僕は作ってきたシフト表を智世さんに渡す。パソコンで作製したために全て活字だ。昨日、メールで添付したのだが、一応印刷してきた。

「わざわざ印刷までしてくれたんだ。ありがとう。本当に助かったよ。また、何かあったらよろしくね」

シフト表は、希望時間がある人をまずその時間に入れ、あとはそこそこ仲の良い者同士で固めて入れた。一番仲良しのグループにしないのがポイントだ。そうすると、仕事の効率が落ちる。コミュニケーションを取るのには困らないが、そこまでふざけ合うような関係ではない、くらいがベストである。

「一応皆にもっかい確認してみて」

智世さんは「そうする」と頷《うなず》き、もう一度僕に礼を言った。

＊＊＊

西宮が注文を取りに行き、待機所は僕だけになった。黒板の隅を確認する。

「……なるほど」

廊下から近づいてきた足音があったので、僕は黒板から離れ、首から下げている看板を下ろして待機する。

教室に入ってきたのは、智世さんと阿久津だった。そして何故《なぜ》か後から篠丸先輩まで入ってきた。智世さんと一緒に行動していたのだろうか。智世さんと阿久津は目が真剣だが、篠丸先輩だけは場違いににこやかでさわやかだった。しかし、その表情にひきつりがあることを僕は見逃さなかった。

「矢斗くん」

智世さんの声音は冷たかった。僕は彼女をじっと見つめる。少しの動揺も見逃さないように、じっくりと、無表情に、瞳《ひとみ》の奥を見つめた。智世さんはしばらく無言で、僕の視線に戸惑っていた。阿久津はそんな見つめ合う僕らを訝《いぶか》しむ視線を投げていた。

「……どうしてシフト、来なかったの？」

「…………」

声が、震えている。抑揚も不自然だ。おそらく、こういう状況になるのは想定していなかったのだろう。

ふと、暗室を作っているカーテンが不自然に揺れた気がした。風か、もしくは目の前を人が通ったのだろう。僕が考え事をしながらそのカーテンを見つめていると阿久津が舌打ちをした。

「何か言えよ」

不機嫌そうに言う。僕がシフトに出なかったせいで迷惑を被《こうむ》ったのは阿久津なのだろうか。僕への視線が冷たすぎる。僕がなおも何も言わないでいると、阿久津が苛立った様子で言った。

「お前の穴埋めてくれたの、西宮なんだぞ」

阿久津じゃないのか。それじゃあ、阿久津はどうしてここまで僕を責めるのか。西宮のためを思っているからだろうか。智世さんへのアピールだろうか。それとも、これが正しいと信じているからだろうか。

「……ああ」

僕が声を発すると、二人とも押し黙った。

ふと、教室の隅から視線を感じる。

篠丸先輩だった。僕に、ほんのかすかに笑いかけている。意味深な表情だ。そして、これは合図でもあるのだろう。

この人は、分かっている。そして、この状況を何とかしようとしている。

小さく、ため息をついた。

僕は、今、これが、智世さんの仕組んだものだと思っている。智世さんが、シフト表を作り直し、自分の名前の欄に、僕の名前を入れたのだと、そう思っている。

考えれば他の可能性もあり得るだろうが、智世さんが何かしたのだと、直感的にそう思ってしまう。僕が悪意の対象で、誰かが僕を貶《おとし》めようとしているのだと感じる。

智世さんに反論することはできる。ここで証拠をつきつけ、黙らせることだってできるだろう。

だけど——。

篠丸先輩が、口を開く。

「それは——」

「ごめん！　……本当にごめん」

篠丸先輩が、口を中途半端《はんぱ》に開きながら、目を見開いて僕を見つめる。智世さんは、どこか安心したように表情を緩ませ、阿久津はやれやれと言うようにため息をついた。

ここで、智世さんの前で、篠丸先輩の株を落とすわけにはいかない。かばわれるわけにはいかなかった。

それに、とある可能性が僕の頭を離れないのだ。

もし、智世さんが犯人ではなかったら？

妥当な証拠を示すことができる。阿久津と篠丸先輩に、そしてクラスの全員に、僕がシフトをすっぽかしたのではなく、智世さんが偽造したのだと、明らかにできる。

だけど、もしかしたら、僕の知らない要因が入り込んでいて、そう見えているだけかもしれない。その疑問を拭《ぬぐ》い去ることができないならば、僕は誰を犯人にすることもかできない。

「シフト忘れてて、本当に、ごめん」

「そう、気を付けてね」

もう一度謝ると、智世さんは笑顔でそう言った。そのまま彼女が「仕事があるから」と部屋を後にしようとしたときだった。

ガラ――。

扉の開く音だった。カーテンをくぐってやってきた人物を見て、僕は思わず声をあげそうになった。あまりの衝撃に足がふらつき、一、二歩後ずさった。

彼女はいつもの面のような笑顔を浮かべたまま僕の隣に来る。

「あ、春一先輩、こんなところにいたんですか」

3

早伊原樹里。

こいつはいつも僕の邪魔ばかりする。

「あれ、先輩、どうかしたんですか？　修羅場ですか？」

早伊原がわざとらしく阿久津と智世さん、そして篠丸先輩の顔を見る。反応したのは、状況を本当の意味で飲み込めていない阿久津だった。

「矢斗がシフトすっぽかしたんだよ」

その声に、智世さんが固まる。早伊原はまずい。智世さんは早伊原と同じ系列だが、どうしても劣る。早伊原の方が何枚も上手だと感じ取っているのだろう。

「えっ、先輩。シフト入っていたんですか？　シフトないって言ってたじゃないですか」

早伊原は僕の右手を両手で摑《つか》み、駄々をこねるように振った。鼻頭に汗が浮かび、むずむずする。極度の緊張状態で体が硬直し、早伊原にされるがままになる。僕は、自分のシフトがないことを、早伊原に言っていない。

「自分はたった一人の宣伝役で、責任重大だからシフトには入らなくていいんだって言ってましたよね？」

これも言っていない。ここまでの情報を彼女に渡していない。どこからか仕入れてきたのだろう。どこだ？

……浅田だ。僕がシフトに入らなくていい、という話をしたのは、浅田だけだ。雑談の中でそう話したことがある。じゃあ、いつ、早伊原はこの情報を手に入れた？

たまたま浅田と話して知っていた？　違う。早伊原は浅田を好んでいない。それなら、不必要な雑談などするわけがない。意図的に、この情報を聞き出したのだ。

ふと、さきほど、カーテンが揺れたのを思い出す。

「…………」

あれは、早伊原だったんじゃないか？　早伊原は、ずっと扉の前にいて、僕らの会話を聞いていた。そして、今のような状況になることを察した彼女は、情報を一瞬にして集めて戻ってきた。

僕は、このような状況になることを、教室に入ってすぐに予想できた。それなら、早伊原はもっと早くできるはずだ。

篠丸先輩がここにいるのだっておかしい。

智世さんと篠丸先輩は、おそらく模擬店にいただろう。……その場に早伊原もいたとしたら。

その可能性は十分にある。

早伊原は、智世さんに、くじ引きの不正の件について、聞きに、もしくは問い詰めに行っていたのだろう。そこで阿久津が智世さんを呼びに現れた。……篠丸先輩は、智世さんについて行くだけの特別な理由、感情がある。だから、ついてきた。早伊原は気になって、話を扉の前で立ち聞きしていたのだ。

と、なると、全てを知っている。

僕が渡していない情報をぺらぺらと喋《しゃべ》ることで、ここまで僕が考えると見越しているはずだ。つまり、自分は全てを知っているとあえてアピールしている。僕に無駄な抵抗をさせないためだろう。

仕掛けとしては簡単過ぎる。早伊原にとっては解くに値しないものだろう。バレていて当然だ。

こいつは、ここで全てをバラすつもりだ。

智世さんを問い詰め、追及する気なのだ。そうさせるわけにはいかない。

「シフト入ってるの、忘れてたんだ」

僕が苦しくそう言うと、早伊原は頬に人差し指を押し当てる。

「へえ、そうだったんですか。だめじゃないですか、ちゃんと覚えておかないと。じゃあ皆さんに迷惑たくさんかけちゃったんですね。……春一先輩ってそういうおっちょこちょいなところもありますよね」

早伊原は「そういうところも好きです」と言わんばかりの笑顔を見せた。こんなときでもカップルのふりを忘れない早伊原の冷静さに背筋が寒くなった。

「ほんと迷惑だよ」

阿久津が鼻を鳴らす。智世さんは薄く作った笑いを浮かべる。

「まあまあ、誰にでも間違いはあるよ」

「智世さんは優しいんだね」

阿久津が智世さんにほっこりとした顔をして言った。ああ、やっぱりこいつ、智世さんのことが好きなんだな。僕は早く智世さんが「じゃあ、この話はここまでね。私、忙しいから」と言ってくれるのを待っていたが、それは都合が悪いから切りあげた感があるからか、しなかった。

智世さんは早伊原の恐ろしさを分かっていない。一刻も早くこの集まりを解散させるしかないのに。僕が解散させようとしても、逃げたとしか思われないし、篠丸先輩がここで割り込むのもおかしい。今、それができるのは、智世さんだけだ。早く、お願いだから、してくれ。

智世さんが僕の視線に気付く。しばらく戸惑っていた彼女だが、僕が顎《あご》を小さく動かすと、僕の意図していることに気付いたらしかった。

「じゃあ、私はそろそろ――」

「あれ？」

早伊原が智世さんの声をさえぎった。

「なんかおかしくないですかー？」

早伊原が可愛《かわい》い子ぶる。

「おかしい？　何が？」

反応するのは阿久津だけだ。

「確か、シフト表作ったのは、春一先輩ですよね？」

早伊原が僕に確認をとってくる。それは周知の事実なので、僕も認めるしかない。

「そうだけど……」

「じゃあ、自分の時間を決めたのも、自分ですよね」

もちろんそうなる。だが、僕は特に反応しなかった。次の言葉が分かっていたからだ。

「シフトの時間を間違えるならまだしも、シフトがあることそのものを忘れるって変じゃないですか？」

早伊原の推理は自然で、無理がない。純朴な少女がただ疑問を口にしているように見える。だが、実際は全て計算されたものだ。

「あれれ？　やっぱり、春一先輩、シフト入ってないんじゃないですか？」

「……いや、入ってたと思うけど」

「あ、確認してみればいいんですね！　シフト表ってどこにありますかー？」

早伊原が僕に尋ねるが、僕は首を傾《かし》げて知らないふりをした。智世さんが口を開いた。

「黒板の端の方に貼《は》ってあるよ」

「そうなんですか。ありがとうございます」

薄暗いので、この距離でも、黒板の端にある掲示物が何なのかはよく分からない。早伊原が黒板に近づき、掲示物を確認する。

「んー？　どれですか？　見当たらないです……」

早伊原は「どこかなー？」と無垢《むく》なふりを続ける。智世さんが早伊原の隣に行き、一緒に確認する。

「あれ、なくなってる……」

シフト表はなくなっていた。智世さんは眉根を寄せて、視線を彷徨《さまよ》わせる。頭の中をいろいろな考えが巡っているのだろう。きっと、そのうちの一つは正解だ。

「どこに行っちゃったんでしょう……」

早伊原は肩を落とし、落ち込んだふりをした。ふりだと分かっているのは、僕と智世さんと篠丸先輩だ。逆に、ふりだと分かっていないのは阿久津だけである。阿久津は心配そうに早伊原を見る。

「誰かが隠しちゃったりして」

そう言って早伊原は黒い笑みを浮かべた。ぞわぞわと、腕に鳥肌が立った。

「まあ、そんなわけないですよね。隠す意味が分からないですし。誰かが確認しようと持って行ってそのままになっているんですね。早く返して欲しいものです」

しん、と静まり返る。阿久津はその異様な空気に気付く様子もない。

「見たかったのに。それに皆さんも困りますよね。自分のシフトが分からなくなっちゃうんですから」

早伊原が気を落としてそう言うと、阿久津が無駄な気を使わせる。

「俺、写メってあるよ。ほら」

阿久津が携帯を早伊原に渡す。

「ありがとうございます。本当に助かりました」

早伊原は口角をつり上げる。

まずい。シフト表は、証拠になり得る。

「あ、本当に春一先輩の名前ありますね」

「…………」

「…………」

僕と智世さんが沈黙する。しばらく画像を見ていた早伊原が首を傾げた。

「あれー？」

携帯を見ている早伊原がまたわざとらしい声をあげた。阿久津は「今度は何だろう」という顔をしている。どれだけ単純なのだ。早く気付け。さっきから空気がギクシャクしているだろう。

「先輩のシフト見つけたんですけど、なんかちょっと変――」

僕は早伊原の腕を掴んで、そのまま強引に教室から出た。首から下げる看板を忘れたが、取りに戻る余裕はなかった。

僕はそのまま早伊原を生徒会準備室にまで連れて行った。

「早伊原、お前、どういうつもりだ」

僕は落ち着いて話をするために定位置に座る。しかし、早伊原は立ったままだった。窓際《まどぎわ》にある花の葉をチェックしていた。健康管理だろうか。生徒会準備室にある花たちは、早伊原が入学してきたときのものと、がらりと変わっていた。季節の花が多いのだろう。

葉をめくって裏を見ながら、早伊原は感情を窺《うかが》わせない声で言った。

「先輩こそ、どういうつもりですか」

「……よくあることだろ」

早伊原はその言葉をどう受け取ったのか、しばらく無言だった。

自分のせいではないのに責められたり、いくら努力しても認めてもらえなかったり、そういったことは、よくあることだ。だから、受け入れて、涼しい顔をしていく。そんなこと、自分は気にしていないのだと、そう思い込む。

「あのシフト表、春一先輩の名前の部分だけ、似ていますが、フォントが違いました」

「…………」

僕がシフト表を作ったことはもうバレている。

「先輩はデータで我利坂《がりざか》先輩にシフト表を送った。……我利坂先輩がそれを編集し、自分の名前のところを春一先輩の名前に修正すれば、そこだけフォントが変わりますよね」

僕の家のパソコンは古い。学校のパソコンとフォントのバージョンが異なるのだ。だから、同じ書体でも、良く見ると異なる。智世さんは、学校のパソコンで編集したのだろう。

早伊原が振り向く。花たちのチェックは終わったようだ。早伊原は、口元だけ笑みを浮かべている。目は笑っていなかった。

「我利坂先輩は、最初はそうするつもりはなかったようです。学祭実行委員の模擬店のシフトを浅田先輩と一緒の時間にするために、やったんでしょう」

そう言い、彼女は携帯を差し出す。シフト表の画像が表示されている。学祭実行委員の模擬店のシフト表だ。浅田と智世さんが同じ時間帯に書いてある。それは、僕が入れられていたシフトの時間とちょうど重なった。

早伊原はあの短時間で、ここまで証拠を集めていた。

「シフト表は、大事な証拠になりえた。それなのに、あの教室にはシフト表がなかった。いや、なくなっていました」

早伊原が僕の隣に来て、机に腰掛ける。僕を見下ろすような体勢だった。僕が彼女を見上げた瞬間、早伊原の右手が素早く動く。そして僕のズボンのポケットから一枚の、折りたたまれた紙を盗み取った。

「おい！」

手を伸ばすが、座ったままの姿勢なので届かなかった。

「シフト表は、これですよね」

早伊原が紙を開いていく。僕はそれを止めようとはしなかった。早伊原の笑っていない目元が怖かったのだ。

「ほら、シフト表です」

早伊原が僕の目の前にシフト表をぶら下げる。僕はそれを掴み、折りたたんでポケットに戻した。

「どうして先輩のポケットにこれがあるんですか……？」

「…………」

「教室に戻って、事態を察してから、これが決定的な証拠になると思って盗んだ……なんてこと、まさかしていないですよね？」

もし、そうだったら……。そう言いたげだ。もう、嘘《うそ》をついても仕方がない。

「君の言う通りだ。僕は、これが証拠になると思って盗み、隠した」

ぎり、と歯が鳴る。早伊原が苛ついている。僕を蔑《べっ》視《し》するような視線で見下ろす。

「どういうつもりですか」

「お前には関係ないだろ」

早伊原に何かを言われる筋合いはない。別に早伊原に迷惑をかけたわけでもない。早伊原に報告するほどのミステリでもない。僕には何の義務もない。

「どうして我利坂先輩を庇《かば》ったんですか。わざわざ彼女が有利になるように証拠まで隠滅して」

「僕が好きでやってることだ」

「ドMにもほどがあります」

早伊原は重々しくため息をつく。そして椅子《いす》に座り、僕の方へと体ごと向けた。

「…………春一先輩」

早伊原が僕の顔を覗《のぞ》き込む。彼女は僕を訝しんでいる。その不安げな表情が、なぜか僕の心をえぐった。

「……人の悪意が、信じられないんですね」

悪意を信じる。

「そんなこと、僕には必要ない」

「必要あります」

納得できないことがあって。だけど、それをどうにかするには、誰かにどいてもらう必要があって。誰かをどかすのには、強制力が必要で。

「今回みたいな明らかな悪意からすら逃げて、間違えるのが怖いからって、おびえてるんです」

「……分かってる」

「分かってないです。いくらでも処理のしようはあったでしょう？　どうして先輩は、自分のその能力を、自分のために使わないんですか？　こんなことに使って、ダメージ負って。何してるんですか」

「……これが、正しいことなんだ」

何かをするわけでもなく、降ってきたものをそのまま被《かぶ》る。処理をせず、関わらない。絶対に間違えることはない。僕のせいで、誰かが傷つくことはない。だから、これが正しいんだ。

「誰の青春も壊さないと？」

「ああ、そうだ」

早伊原が僕から一歩離れる。

「今回のことで、はっきり分かりました。先輩は『誰かの青春を壊すこと』が嫌なんじゃないんですか」

「は……？」

「だって、おかしいじゃないですか。今回、我利坂先輩の罪を庇うことで、先輩は、我利坂先輩の青春を奪い、壊したことになるんですよ」

「どうしてそうなる」

僕は、智世さんを守ったのだ。彼女の青春の日々を守ったことになる。

「我利坂先輩は、あそこで罪を暴《あば》かれ、追及され、そして、……学んで成長すべきだったんです。それが、彼女にとっての青春なんですよ」

智世さんにとっての、青春。

「何にも縛られず行動するのが青春です。それに伴う全ての責任も、自分が負うべきなんですよ。それだって、青春です。……先輩は、我利坂先輩の青春を、貴重な機会を、一つ奪ったんですよ」

「それは……」

違う。

早伊原はこう言っている。学校は社会を学ぶ場所で失敗するための場所でもある、と。失敗をしても許される、と。

それは正論で理想論だ。現実ではない。

失敗は、心に深い傷を残し、それが歪《ゆが》んだ人格へと導いていく。取り返しなんて、つかない。だから、失敗をサポートすることは間違っていない。

「正しいとか、青春を壊さないとか、そんなことを言っていますが、結局、自分が判断を下すのが怖いだけじゃないですか。そうやって正当化しているだけで、本当は自分が傷付きたくないだけ――」

「違う！」

気付けば僕は立ち上がっていた。一方で早伊原はいつもより冷静に僕を観察していた。

「図星だからそういう反応をするんです」

僕は、誰かの青春を壊したくない。もう、自分勝手な正義を押し付けて、助けたつもりになって、相手を傷付けることをやめたい。ただそれだけだ。自分が傷付くのが嫌なわけじゃない。

「今回のだってそうです。我利坂先輩の青春を奪っておきながら、自分は悲劇のヒーローぶっている。自己犠牲なんて、まさに自己満足です」

智世さんの青春を奪ってしまったのか？　違う。そうじゃない。そうじゃないはずだ。

僕は、僕は――。

「正しいことを、したはずだ」

「正しいこと、ですか。他人にとって都合の良いこと、の間違いじゃないですか」

早伊原は僕への思いを吐き出すように深くため息をついた。

「先輩が誰かの踏み台になり続けると決めたのならそれでもいいですけど。でも、見てる限り、それが苦痛みたいですし」

「分かってるよ……！　僕は篠丸先輩じゃない」

「……結局先輩は、何がしたいんですか」

早伊原が僕を見据える。その瞳の奥に輝きはなく、僕以外の人に接するときに見せる、虚《うつ》ろな黒だった。

僕には、助けたい人がいる。だけど、その人を助けるためには、他の人を犠牲にしなくちゃいけない。それが、怖い。

僕にとって大切な人だ。絶対に、助けたい。でも、絶対に、昔の過《あやま》ちを犯したくない。もし、僕の思っている状況じゃなかったら？　もし、助けを求めていなかったら？　もし、全てを僕が壊すことになってしまったら？

そんな疑念がつきまとう。

だから……、僕は、紙ふぶきの真実も、くじ引きの真相も、黙っている。何もできないからだ。

早伊原は無言の僕をしばらく眺め、それから、全てを諦《あきら》めるようなため息をついた。

「失望しました。失敗することが怖いだけのチキン野郎に、私は用はありません」

五章

彼女の理由

1

教室棟の五階の窓から下を眺める。もう十九時であり、ほとんどの店が閉まっていた。人通りも少ない。そろそろ校庭でキャンプファイヤーが行われる。後夜祭である。

再びこの場所で思考する。皆の青春から一歩距離を取って、全体を俯瞰《ふかん》する。物事を冷静に見つめる際、当事者はなかなか難しい。だから距離を取る必要がある。

早伊原《さいばら》は、結局全《すべ》ては偽善になるのだと言った。だから、全部自分のやりたいように行動しろと。僕に「悪意が信じられない」と言った彼女は、善意が信じられない。常に思考を読み、裏をかこうとする。

一方で篠丸《しのまる》先輩は、善意も悪意も信じていない。「自分について考えたことがない」と言っていた。それが本当かは分からないが、自分の行動に疑問なんて持っていない。全てを直感で生きている。

それができるのなら、僕も良かった。だけど、僕や早伊原は、直感で生きると問題ばかりが起きる。だから、どうにか、皆と折り合いをつけていかなくてはならない。一応だが、早伊原は、その折り合いを見つけている。

僕は、うまいこと、折り合いが見つけられない。

僕は、助けたいのだ。なんとしてでも、誰を犠牲にしてでも、その人を助けたい。願いを成就《じょうじゅ》させたい。

僕が篠丸先輩だとしたら。人を犠牲にできない。だから、助けられない。

早伊原だとしたら。容易に人を犠牲にし、貶《おとし》め、そして助けたい人を助けるだろう。

僕はそのどちらも、したくなかった。

「春一《はるいち》、くん」

後ろから名前を呼ばれる。今日はよく声をかけられる日だ。皆、後夜祭に向かっている。ここに人は来ないはずだった。振り返る。

「……森さん」

そこに立っていたのは森兎紗《うさ》さんだった。膝《ひざ》に手をついて、息を切らしている。階段を駆け上がってきたのだろう。

「どうしたの？」

僕を探していたのだろうか。

「シフトのこと聞いて……」

「別にただ忘れただけだって。そんな気にしないでよ」

僕はさも何でもないと言う風に笑顔を浮かべて言い捨てた。

「違うよね？」

森さんの表情は真剣だ。

「いや、違わないよ」

否定すると、森さんは悲しげに視線を落とした。

「何が起こったかは知らない。私の知る由《よし》もない。だけど、春一くんの顔見れば、分かるよ」

僕の表情筋は、そこまで全てを物語ってしまうのだろうか。確かに、今日はいろいろありすぎた。

「心配かけてごめん。だけど、本当に大丈夫だから」

これを森さんに話したとしても、きっと彼女が困るだけだろう。僕のために何かしたいという、その気持ちだけを受け取っておく。

これは、僕の問題だ。僕にしか解決ができない。自分のことをどうにかできるのは、自分だけだから。

「……そう」

森さんは再び悲しそうに目を伏せる。

「………………」

僕はかつて、森さんを助けようとした。勝手に勘違いして、自分の正義を振りかざして、彼を、めちゃくちゃにした。

今回、助けたいというのも、それと変わらない。

頼まれてもいないのに、勝手に同情し、助けようとしている。向こうは望んでいないかもしれない。誰も困っている人なんていないのかもしれない。同じ状況だったら、僕はやっぱり苦しかったけど、でも、あの人は苦しくないのかもしれない。

それだったら、僕が今やろうとしていることは、青春を壊すだけだ。自己満足の正義感を振り回すことでしかない。しかも、決して取り返しのつかないことだ。

「私じゃ、春一くんが何を考えているのか分からないよ」

「別に、大して何も考えてないよ」

本当に大丈夫だから、と笑ってみる。しかし森さんは堅い表情のままだ。

「やっぱり、私には、何ともできないね……。だからごめん。呼ぶね」

「え……？」

呼ぶ、とは何だろうか。森さんが携帯を操作する。誰かにメッセージを送ったのだろう。

「すぐ来ると思うから、待っててね。ごめんね」

森さんは申し訳なさそうに言う。なぜ謝る。

「……誰、呼んだの？」

「すぐ来るから分かると思うよ」

嫌な予感しかしない。早伊原ではない。ここに誰かを呼ぶのだとしたら、それはもう一人しかいない。

階段を勢いよく駆け上がる音が聞こえる。足音が近づくにつれ、僕の呼吸は荒くなり、瞬《まばた》きが多くなる。階段の踊り場から、彼女の姿が見えた。来やがった。捕まったら面倒なことになる。

僕は彼女の姿を視認してから走り出す。向こうは階段を駆け上がってきたのだし、体力を消耗しているはずだ。まだ階段も少し残っている。西階段から下りれば、逃げ切れる。階段を下りて校庭まで行けば皆がキャンプファイヤーをやっている。そこに混じってしまえば、もう僕を見つけることはできないだろう。彼女との距離、僕と彼女の足の速さから、逃げ切れるかを頭の中でシミュレートする。大丈夫だ。行ける。向こうは女子だ。僕に追いつけるはずがない――。

そこまで思考を進めたとき、走っている僕の肩に手が置かれた。

「よう、久しぶり」

振り返ると、彼女が笑顔で僕の真後ろまで追いついていた。ぎょっとして、肩に置かれた手を振り払おうとした瞬間、肩を引かれ、膝を後ろから蹴飛《けと》ばされ、その場に仰向けに転ばされた。スピードに乗っていたので、マントで廊下を少し滑り、止まった。肺が圧迫されて、しばらく呼吸ができなくなる。

彼女はそんな僕を薄気味悪い笑顔を浮かべて見下ろしている。舌舐《したな》めずりをして、彼女は言う。

「お前の姉が来たっつーのに、逃げ回るとは何事だ。覚悟はできてんのか、ハル」

久しぶりに会った姉は、家にいた頃とは違う香りがした。

2

姉が学祭に来ていることは知っていた。学祭実行委員の模擬店に行った際、浅田から話を聞いていたからだ。さっき、会長からも聞いていた。何とか見つからないで終われるかと思っていたが、そううまくはいかなかった。

「学祭テントにも、篠丸にも、早伊原にも言ったのに、だーれも連絡よこさないんだよ。だから生徒に聞きまわるしかなかったってわけ」

あいつら後で成敗だな、と笑う。

僕の姉、矢斗《やと》雪那は、僕より二つ年上だ。今は、都内の大学に通う大学生である。しかし。

「姉貴、アフリカの子供たちはもういいのか」

大学にはほぼ行かず、NGOに入り海外を転々とする日々を送っている。僕が知る限り、日本に最後に帰ってきたのは半年以上前だったはずだ。

「取りに来るものがあってな。たまたま帰ってきただけだ。ついでに学祭寄ったってわけ。明日にはもう日本を出る」

「明日？　今度はどこに行くんだよ」

西アジアにあるということしか分からない国名をさらりと答える。また母に心配をかけるつもりか。

「母さんも父さんも、心配してたよ。家には寄った？」

「いいや」

「……」

姉と会ったという話は、両親にはできなさそうだ。

「心配する気持ちはありがたいが、私を力ずくで止めようとするから困る」

「せめて二十歳になってからにしなよ」

「待てない。時間がもったいない」

「あ、そう」

姉は、自分の決めた道を、膨大な熱量で突き進む人間だった。

「というか、僕の上からどいてくれ」

姉は走った僕をしとめ、そのままマウントポジションをとり、そこから動こうとしなかった。

「やだよ、お前逃げるだろ」

「…………」

ここは廊下だ。いくら後夜祭中で人がいないからと言って、このままでは恥ずかしい。森さんがさっきから少し離れたところで僕を微笑《ほほえ》んで見ている。どうして近づいてこないんだ。まさか、姉弟の時間を邪魔しないようにと配慮しているのか。森さんだったらあり得そうだった。

僕はため息をつく。

「変わんないな、姉貴は」

やたらと長い髪は相変わらず切られておらず、以前よりも伸びた気がする。手入れをしてこうなっているのか、放っておいたらこうなったのか分からないが、鬱陶《うっとう》しくはないのだろうか。ストレートロングヘアの流行は、日本ではとっくに終わっている。

「お前は変わったな」

姉は、早伊原の言葉の暴力が全て肉体的暴力になったような人だった。もちろん、僕は姉のことが苦手である。だからこそ会いたくなかったのだ。

「どうして私から逃げる。昔は『お姉ちゃんがいないと嫌だ』と泣き喚《わめ》いていたというのに」

「今なら死に瀕《ひん》していても言わない」

とは言え、幼少期、僕が姉の後ろにずっとくっついて過ごしていたことは事実だ。こんな性格の姉でも、当時は頼りにしていたのだ。

「……ねえ、本当に上から下りてくれないの？」

「お前が逃げないって言うなら」

「いや、逃げるよ」

「何で下りると思った」

僕は特に今、姉に会いたくなかった。姉が僕の顔を覗《のぞ》き込んで言う。

「……何かあったのか？」

僕はそんなにひどい顔をしているだろうか。

「別に何もな、いたっ」

頬をはたかれた。

「で、何かあったのか？」

「何も、痛いって！」

今度は左の頬をさっきよりも強くはたかれた。姉は性格の悪そうな笑みで僕を見下ろしている。ため息をつく。

「もう一度聞くぞ。何かあったのか？」

「……分かったよ。ちゃんと答えるって」

姉には敵《かな》わない。僕は覚悟を決めて姉に相談することにした。

姉はいつだって力強く僕の上に君臨し、不敵な笑みを浮かべていた。そんな姉を頼りにするのが、僕はいつしか苦手になっていた。

姉が大学に進学し、家を出ていく頃には、僕は姉と関わらないようにしていた。

でも、違うからこそ、きっと、新たな視点を生んでくれるだろう。同時に、僕の全てを否定される可能性もあった。僕はそれに恐怖していたのだ。姉なら、きっと全てを鼻で笑い飛ばして「くだらない」と切り捨てるだろう。地で「死ぬこと以外かすり傷」と言う人間なのだ。

「……助けたい人がいるんだ」

「助ければいい」

「でも、……多分、それは余計なお世話なんだよ」

「どうして？」

「本人は、辛《つら》いはずなんだ。これからあの人がしようとしていることも、本当はやりたくないはずで。だから、助けたい。……でも、本人は、その生き方を選んで、好きでその行動をしているのかもしれない。もしそうなら、僕は全てを台無しにすることになる。それは、正しくないだろ」

「…………」

「……取り返しのつかないことをするのが、怖いんだ」

怖い。

僕は結局、過去から何も変わっていない。彼と対峙《たいじ》しても、過去をいくら葬《ほうむ》りさろうとも、ずっと心に根を張っている。それを取り払う方法を、僕は知らない。遠くにいる森さんを見る。彼女は僕に話しかけるのにもう臆《おく》さない。僕も、前に進まなくてはいけない。

でも。

何をどうしたって、過去は消えない。記憶を消すことはできない。

姉は僕の告白を、予想通り鼻で笑った。

「ハル、お前は取り返しのつくことがあると思うのか」

「……あるよ」

「いいや、ないね。意識的だったり無意識的だったりするが、人は人の運命を、人生を常に変えていく。先生の一言や、街角のポスターや、友人の行動で、人生は左右される。

今この時が二度と来ないように、取り返しのつくことなんて、何一つない」

そうだろうか。

「お前が取り返しがつかないって言っているのはな、印象の問題だ。お前がそうしなくても、誰かがそうしただろうし、誰もそうしなかったとしても、遠くない未来、同じようなことが起きていたのかもしれない。それは、ハルが何かするのより緩やかな変化かもしれないが、確実に変化していく。……どっちにしろ、他人にそう簡単に変えられてしまう奴《やつ》ってことなんだよ」

それは、単なる言い方の問題ではないのか。僕が納得していないことに姉貴は気付いたのか、小さく息をついた。仕方ないな、と言いたげだった。

「……お前は自信がないんだな。自分の良心に」

血流が加速するのを感じた。

「良心に、自信がない」

言われてみればその通りだと思った。僕は中学の一件があってから、判断することを恐れている。自分は放っておいたら、誰かを貶める方向に、何の躊躇《ちゅうちょ》もなく、何の良心の呵責《かしゃく》もなく動いてしまうのではないか。そう自分の良心を疑っている。

姉は頭を掻《か》きむしる。

「あー、私が家を出る前に、もっとお前に教えてやるんだった」

いいか。

「正しいことの先にあるのは、正しいものだけだ」

よく覚えておけ。

「正しいだけの世界なんて、生きてる価値ないね。……ハル、正しさは、良いとは限らない。間違いも、悪いとは限らないんだ。いいんだよ、間違ってて。授業があるのに二度寝してしまったり、テスト前にゲームしたりしていいんだ」

それは姉の学校生活だろう。だから単位を落とすんだ。

「正しいことは、良いことだろ」

「違うね。論理の飛躍だ。正しいことは、あくまで正しいだけなんだよ。正しさなんて、説得くらいにしか使えない。正しいことってのはな、一見絶対だけど、くだらないもんだね」

姉の言うことは、強引だった。いつだって、無理やりだ。

でも、その言葉は、僕の心をふっと軽くした。僕は今までずっと、正しいことに捕われていた。正しいことはそのままイコール良いことなのだと、そう思っていた。そうじゃない可能性があるだなんて、少しも考えたことがなかった。

「正しい方じゃなくて、納得する方を選べ。ただ自分が納得するかどうかで物事を判断するんだ」

納得する方を選ぶ。

「ハル、中学卒業したあたりから変わったよな。私は黙ってお前の成長を見守ってたけど、でも、思った以上に変な方向に舵取《かじと》りしてたんだな」

姉は懐《なつ》かしむように深く頷《うなず》いた。

「お前の過去に何があったかは知らないけど、話の流れ的に、お前は何かしでかしちゃったんだろ？　それで臆病になっちまったんだ。きっとそれは、した後悔、だったんだろうな。じゃあ、こう考えてみろ。……お前はその行動をしなかったとして、後悔しなかったのか？　納得できたのか？」

思い起こされる中学の失態。

辻浦慶《つじうらけい》。

あの時僕が辻浦に制裁しようとしなかったら。森さんの自作自演にも気が付かなかった。僕は森さんがいじめられていると知りつつも、何もしなかったことになる。そのまま卒業したとしたら。

「……後悔する。納得できない」

僕はそれを気に病むだろう。自分に何かできたのではないかと思うはずだ。

「だよな。それじゃあ、お前の気持ちは良いものだよ。問題があったとしたら、やり方だけだ」

気持ちは良いもの。その言葉が僕の目の前を照らし出した気がした。僕はずっと、あの一連の事件は、全て僕の責任で、何もかもが間違っていると思っていた。だから、分からなくなっていた。

だけど、その行動する気持ちは、良いものだと……言ってもらえた。

そこに僕は救われた気がした。

僕は気持ちに従えばいい。

「いいか？　うじうじすんなよ。お前は考えすぎて極論に行きがちだ。もっと論理を使うのをセーブしろ。気持ちに従っていいんだよ」

「………」

僕は、ずっと姉の背中に隠れてきた。近所の子供たちのリーダーをやっていた姉は、僕にとって憧れだった。傍で姉を見続け、そして真似てきた。だけど、彼のことがあって、僕は今までの自分を見つめ直す必要がでてきた。自分の生き方を見失った僕の目の前に現れたのが、篠丸先輩だった。僕は、篠丸先輩に憧れるようになった。

そこで僕は、篠丸先輩の絶対的な正しさを前に、自分を正しさで縛った。

彼と対峙して、篠丸先輩を目指すことをやめても、その正しさの枷《かせ》は残った。

「もしそれで何かやらかしちまったら、社会が悪い。そうなったら私が一生養ってやるから安心しろ」

「まずは大学卒業してからそういうこと言って」

姉は「辛辣《しんらつ》な弟だな」と身振り手振りを交えて大袈裟《おおげさ》に言い、僕の上から退いた。姉が手を貸してくれる。僕は起き上がった。

「姉貴の意見、役に立ったよ」

「……その顔つきなら、もう大丈夫そうだな」

姉は僕の頭をくしゃくしゃと撫《な》でた。

「ま、せいぜいがんばれよ」

ぼさぼさの髪を整えながら、僕はゆっくりと頷く。

僕は、自分のやりたいようにやる。もう、自分の心に、嘘《うそ》はつかない。やり方だけに気を付けて、自分が一番納得するように行動する。

早伊原は言っていた。

青春とは、自分のやりたいように何にも縛られずに行動すること。

それなら、僕の青春は、きっとこれだ。

3

生徒会準備室を開けると、早伊原が頬杖《ほおづえ》をついて机の上に置いてある花の花びらを指ではじいていた。

「早伊原」

早伊原はまるっきり僕を無視していた。僕と相対する時間がもったいないと言わんばかりだ。

「君の言う通りだった。僕は、結局前と何も変わっていなかった。避け続けるだけ、それは成長とは呼べない」

早伊原は、なおもこちらを向かない。

「僕は、確かに失敗するのが怖い。それは今も一緒だ。これからやろうとしていることが、失敗するんじゃないかと気が気じゃない。なんせ、僕は何回も君を騙《だま》そうとして、そして見破られている。自信をなくすのも当然だと思わないか」

早伊原が音を立てて席を立つ。生徒会準備室から出て行くようだ。

「君に力を貸してほしいんだ。一緒に、真実を見つける手伝いをして欲しい。だから、早伊原――」

彼女がドアを開けた。もう早伊原は、僕を脅して従わせることはない。僕はそこで彼女の手を摑《つか》み、引きとめる。早伊原の体がぴくんと跳ねて、驚愕《きょうがく》の表情でこちらを振り向いた。僕から彼女に触れるのは初めてのことだった。

しかしそれは一瞬のことで、早伊原の表情はすぐに変化した。

「痛いですよ、矢斗先輩」

僕の呼び方が、僕以外の人と話すときに発せられる一段高く聞き取りやすい声が、一目で作り笑いだと分からない巧妙に作られた人を癒す笑顔が、僕の胸を苦しくした。なんて言えばいい。「君が必要なんだ」か？ 違う。そんな言葉じゃない。

僕と早伊原の関係は、普通ではない。ねじれている。

だから、お互いの言葉も、ねじれていて、それが、……心地よかった。

その感覚は、彼女も共有しているはずだ。部屋の隅にあるロッカーを一瞥する。

僕がここで言うべき言葉。それは――。

「早伊原」

僕は彼女の手を離さぬまま、回り込んで、ドアを閉める、施錠した。

「すみません先輩。私、もう行かなくちゃいけなくて」

詰め寄る。彼女が一瞬ひるんで、後ずさった。前に体重がかかっていた僕は、そのまま引っ張られ、早伊原にのしかかるような形になって転んだ。彼女の後頭部を守るために、床と彼女の頭の間に手をいれたために、自重はひじに衝撃として加わり、鋭く痛んだ。しかし、その痛みは、今は気にならない。

「何をやっているんですか」

僕らの顔は至近距離にあって、お互いの吐息が分かるほどだった。しかし、彼女はそれでどぎまぎなどせず、まっすぐと僕を見つめている。

僕の心も、特に揺れ動いたりはしない。

「ロッカーの中身を知っているか？」

生徒会準備室には一つだけ、ロッカーがある。生徒がいつも使っているような、ボックス型のものだ。縁が接着剤のようなもので汚れている。早伊原にロッカーを接着剤で固められたときのものだ。開け閉めがスムーズではなくなったので、新しいものに交換してもらった。僕の古いロッカーが、ここにはある。

「鍵がかかっているので知りません」

「そうだな。南京錠と番号鍵がかかっている。そう簡単に開けられない」

その鍵は、僕が持っている。たとえ、早伊原に鍵を盗まれたとしても、番号鍵があるために開けられない。

「でも、先輩が毎日開けていることは知っています」

「番号鍵の状態がいつも違うからか」

鍵をかけた後、番号が分からないようにシャッフルする。それをランダムに行っているので、毎回変わる。

「でも、中身は分からない」

「だからなんですか」

「君の一番大事なものは、花だ」

早伊原に焦りが見えた。

「……先輩、まさか……」

「ロッカーの中の虫かごで、なめくじを飼ってる」

早伊原の表情がみるみるうちに変化した。

「ロッカーを撤去しようとしても無駄だ。床に固定してある。花を全てこの部屋から出すまでにどれくらい時間がかかるか分からないけど、まあ、なめくじをつけるには十分な時間があるわけだ」

僕が口元を歪めると、早伊原は僕を蔑視した。

「叫びますよ。この状況を見られたら、先輩は終わりです」

「残念だがみんな、校庭でキャンプファイヤーをしている。誰もいない」

「……くだらない。他にいくらでも逃れる方法が――」

早伊原の言葉を遮る。

「いいか、君がなめくじから逃れる方法は一つ。――謎を解くことだ」

「謎……？」

「そう、まだ謎は多く残っている。くじ引きの不正を行った犯人、ラクガキをした犯人、そして、今年の紙ふぶきにメッセージを混入した犯人。それらを突き止めるんだ」

早伊原は意外そうに目を見開く。

「今年の紙ふぶきのこと、私に言っちゃうんですね」

隠していたが、どうやら彼女は知っていたようだ。僕は頷き、彼女の上からどく。彼女も起き上がって、服を軽くはたいて埃を落とした。まだ状況がつかみ切れていないのか、早伊原は呆然としていた。

「先輩は、何が望みなんですか」

その言葉に、にやりとする。困惑する早伊原にかける言葉は一つだった。

「僕と、青春しよう」

早伊原ははっとして、そしてしばらくして声を上げて笑い始めた。しばらく笑った後、息を整えて言う。

「……いいですよ」

にやりと、いつもの黒い笑みを浮かべて。

「青春しましょう」


早伊原が出て行ってしばらくしてから、僕は電話をかける。相手はすぐには出ず、十回くらいコール音が鳴るのを待っていたら、ようやく出た。

「もしもし？」

男。静かで雑音がなかった。

「太ヶ原先輩。矢斗です」

『はあ？　なんでお前が俺の電話番号知ってんだよ』

「早伊原から聞きました」

相手は苛立っているようで、舌打ちが聞こえた。

『……で？　何の用？　忙しいんだけど』

「今、どこにいますか？」

『校庭。全員いるだろ』

「キャンプファイヤーですもんね」

『……？　お前はどこにいんの？　やけに静かだけど』

「教室ですよ。人を待っているんです」

はあ、という気のぬけた返事がかえってきた。

「で、太ヶ原先輩はどこにいるんですか？　やけに静かですが」

『あっ……』

キャンプファイヤーにいないことは確定している。

「どうしました？　教えてくださいよ」

『教える義理はない』

こう言うということは、誰かに口止めされているということだ。

「そういえば、早伊原と話しましたか？」

『え？　樹里ちゃん？　朝に会ったきりだけど。それが何だよ』

早伊原、まだ謝ってないんだな……。それじゃあ、まあ、いいか。

「太ヶ原先輩。取引です。この取引は、他言無用でお願いします」

『しねえよ。こっちは忙しいんだ、もう電話してくんじゃねえぞ。じゃあな』

相手が電話を切る雰囲気だったので、すかさず言う。

「早伊原のメイド服写真」

『…………………』

「あれ？　電話切らないんですか？　じゃあこちらから切りますね。取引できなくて残念です。それでは」

『ちょ、ちょっと待てよ』

「どうかしましたか？」

もうここまで来たら、取引が成立したようなものだ。太ヶ原先輩は、途中から全く姿が見えなくなった。どこか別の場所で、重要な何かをしているに違いなかった。

4

十九時四十分。キャンプファイヤーの終わりが近づいてきた。

おそらく、タイミングは、キャンプファイヤーが終わった瞬間だろう。

ほぼ全員がキャンプファイヤーに行っている。僕はそこを避けるように学校の敷地内を歩き回っていた。僕の探しているあの人は、キャンプファイヤーを見ないだろう。

校舎裏にさしかかったとき、ゴミ捨て場から、金属がぶつかり合い響く音が聞こえてきた。空き缶の音だ。音のする方へ進むと、いつかのように空き缶のゴミ袋を抱えた篠丸先輩がいた。

「篠丸先輩」

「……矢斗くん？」

篠丸先輩が確認してくる。

ゴミ捨て場は電灯の真下にあるので照らされているが、僕がいるところは何もない。僕が黒いマントを羽織っていることもあり、向こうからは僕が見にくいのだろう。

「そうです、矢斗です」

僕でごめんなさいと、心の中で謝る。

「何してるの？　今は、キャンプファイヤーでしょ？　楽しまなきゃもったいないよ」

そんなことはない。僕にとっては、今、ここにいる方が青春なのだから。

「先輩こそ」

「というか、なんか、右のほっぺ、赤くない？」

「え？　あぁ。人生二度目のおたふく風邪ですね」

「何言ってるの。大丈夫？　痛そうだけど」

僕は右の頬をさする。確かに腫《は》れていた。虫歯のようにじんじんと痛む。

「……どうしたの？」

篠丸先輩は淡々とゴミ袋をゴミ捨て場に入れている。皆が後夜祭で盛り上がっている最中なのに。盛り上がる声が響いてくる。しかし、姿は見えない。遠いどこかで、誰かの青春が流れている。

「聞きたいことがありまして」

「このタイミングで？」

篠丸先輩はただならぬ雰囲気を感じたのか、それを敢《あ》えて流すような笑みを浮かべた。

僕は周りから会話を進める。

「学祭って言ったら、恋愛ですよね。紫風祭周辺はいつもカップルができます」

「そうだね。全く羨《うらや》ましい限りだよ」

篠丸先輩がゴミ捨て場の金網でできた扉を閉め、手を払う。そのまま今度は模擬店の方へ歩みを進めた。僕は早歩きで追いつき、少し距離を置いてついて行った。

「僕も羨ましいです」

「何言ってるの。矢斗くんには早伊原さんがいるでしょうに」

「別にお互い、好きじゃないですからね」

篠丸先輩は、僕の目を見て、微笑む。

「じゃあ、嫌いなの？」

そう聞かれると答えに詰まる。嫌いではないと言うと、誤解を生みそうだ。話を元に戻す。

「先輩は好きな人、いないんですか？」

「いないよ。そういうの、憧れるんだけどねぇ」

「…………へえ、そうなんですか」

篠丸先輩をしばらく見つめる。すると「どうしたの？」と笑いながら言う。

「矢斗くんは早伊原さんが好きじゃないなら、誰かいるの？　好きな人」

僕は首を横に振るだけに留める。篠丸先輩は、模擬店の備品整理、片付けを始めた。

後片付けは、それぞれの模擬店・展示をやっているグループがやることになっている。

篠丸先輩がここで片付けなくてはいけない理由はなかった。

「先輩、好きな人、本当にいないんですか？」

「いないよ」

またもや即答だった。

「どうしたの？　いるように見えた？」

「いるようには見えないですね」

篠丸先輩は、「何それ」と笑った。

だけど、本当のことだ。今こうやって直接質問しても、篠丸先輩に、好きな人がいるように思えない。悩む隙《すき》もないし、嘘をつくときの緊張も感じられない。

篠丸先輩は、皆に優しい。誰かを特別扱いすることなど、想像できない。好きな人を作るとは、つまり、その人を優先し、他をないがしろにするということだ。篠丸先輩は、皆を平等に扱う。

「……」

一瞬だけ、不安になる。これは、決めつけに他ならない。僕の一方的な勘違いだということだって――。だけど、すぐに思い直す。僕には今回、強力な裏付けがあるのだから。

だから僕は、一歩踏み込んでみることにした。

「……先輩、智世《ともよ》さんと仲良いみたいですね」

「そう？　誰にでも、あんな感じだと思うけど」

なかなか、きっかけが摑めない。何を言っても、即否定されてしまう。切り込む余地がない。だから、正々堂々と、真正面から言うしかない。僕は、目をつむり、今日のことを思い出す。そして、ゆっくりと口を開いた。

「先輩。僕は、――篠丸先輩のことを疑っています」

篠丸先輩の作業する手が止まる。

「疑う？　何を？」

僕はそれに答えなかった。篠丸先輩は、それを意に介すこともなく、黙々と片付け作業を続ける。今は模擬店のテントをたたんでいる。一人ではきつい作業だ。手伝おうと体が動きそうになるが我慢する。

「七不思議、『紙ふぶき』について。……覚えていますか？」

「もちろん」

当然だ。僕と篠丸先輩は、その現場を目撃しているのだから。篠丸先輩に限っては噂《うわさ》の一端を担《かつ》いでいる。忘れられるわけがない。

「なつかしいなぁ」

好き、と書かれた紙ふぶきがあり、それを好きな人に渡すと結ばれるというもの。

「なんとその紙ふぶき、――今年もあったそうですよ」

少し声を落として言う。

動揺は、見られなかった。

「……紙ふぶきは毎年、同じものの上に追加して量を増やして使うからね。去年の物が混じっていても不思議じゃないんじゃない？」

「それはおかしいです」

早伊原は、七不思議の起源を推理した。しかし、謎《なぞ》はまだ残っていた。

結局あれは、牧先輩が、桜庭《さくらば》先輩を試したという話だった。牧先輩は、桜庭先輩が紙ふぶきの中にノートを隠したと勘違いした。それで、万が一にでも、回収係の浅田に、自分が書いたラブレターが届かないようにした。

僕には、引っかかっていることがあった。まだ、解けていない紙ふぶきの謎。

なぜ、篠丸先輩は嘘をついたのか。

浅田へのラブレターが書かれたノート。篠丸先輩は「自分が紙ふぶきを盗み、桜庭から受け取ったノートを混ぜて戻した」と言った。しかし、実際は、桜庭先輩が焼却処分したのだ。紙ふぶきは、勘違いした牧先輩が盗んだ。紙ふぶきの中に、ノートがあるのか確認したかった。本当に桜庭先輩がそこに隠したのか、確かめたかった。

盗んだ状況を考える。

牧先輩は、紙ふぶきをあさるのに、人目につく場所でやるわけにはいかなかった。例えば、第二講義室で紙ふぶきをあさっていた場合。そこを人に見られたとする。そしたらきっと牧先輩は「最後に異物が入っていないか確認している」と言い訳するのだろう。「じゃあ手伝いましょうか?」、そう言われたら困る。

特に浅田からの手伝いの申し出は結構強引で、断りにくいだろう。牧先輩は、その浅田に、特に見つかってはいけなかった。だから、人目につかない場所で確認する必要があった。

人目につかない場所。第二講義室からあまり離れていると、移動している最中に見つかるリスクが高まる。だから、近い場所で、なおかつ、人がいない方向——外、駐車場側。

あそこには倉庫がある。例えば、あの倉庫の中に紙ふぶきを運び込み、確認していたとしたら。

そして、確認している途中で、電話がかかって呼び出されたりして、その場を一旦《いったん》離れたとする。

駐車場側の倉庫は、ゴミ収集が行われる場所になっていた。ちょうどそのタイミングでゴミとして収集されてしまったら。

そしたら、紙ふぶきは、もうなくなってしまう。

「紙ふぶきは去年、全部入れ替わったんです」

「……どういうこと？」

篠丸先輩は、おそらく気付いていた。特別棟から、外を見て、こう言った。「影」だと。きっと、牧先輩が紙ふぶきを駐車場の倉庫に運ぶのを目撃していたのだろう。そして、それがもうないことも分かっていた。

だからこそ、あの場で、紙ふぶきがなくなったと騒ぎになったときに、庇《かば》うことができた。もう、手筈《てはず》を考えていたのだ。

「……今でも、覚えています」

当日を楽しみにして、と言っていた篠丸先輩。何か物足りないアーチ。当日見かけなかった先輩の絵。

「篠丸先輩、紫風祭のための絵はどこにいったんですか。……あなたは自分で描いた巨大絵をバラバラにして、紙ふぶきにした。だから、去年から紙ふぶきは全部替わったんですよ」

「…………」

篠丸先輩が片付けをする手を止めた。振り返らずに、作業していた箇所を凝視していた。どう言えばいいのか分からないのだろう。今まで、自分の嘘が見破られたことなんてないだろうから。僕は畳み掛けるように話を続ける。

「その中に、『好き』と書かれたラブレターなんてないはずです」

もともと、七不思議「紙ふぶき」にまつわる噂は、牧先輩が流したもの。早伊原とはそういう話になっていた。だから、実物はない。去年だけなら問題はなかった。しかし、今年。

「今年、『好き』と書かれた紙ふぶきが混じっていた。……誰かが混ぜたんでしょうね。

今年は、去年の失敗を生かして、紙ふぶきは厳重に保管されたみたいですね。紙ふぶきがある場所は、直前まで学祭実行委員の一部しか知らないんだとか。……じゃあ、細工をできる人物は一人ですよね。篠丸先輩」

「……それは、どういう情報源？　本当にあったの？」

「どういう情報源というか、これですからね」

僕がポケットから一枚の紙片を取り出す。正方形のそれは、紙ふぶきのうちの一枚だった。早伊原が会長を通じて、拾った人からさきほど借りてきてくれたものだ。「あなたのことが好きです」と癖のある文字で書かれている。

「……そう」

篠丸先輩は立ちすくんでいた。

七不思議「紙ふぶき」の噂。早伊原は、牧先輩が流し、一年をかけて熟成したのだと言っていたが、僕は納得していなかった。

去年、紙ふぶきを手に取っていたのは、見る限り二人だけだった。他にいたとしても数人だったはずだ。それは、牧先輩の友人なのだろう。その二人が一年かけて噂を広めたのだろうか？　そうは考えられなかった。学祭が終われば、もちろん学祭の話題は減っていく。再び話題が紙ふぶきのことになるのは一年後を待たなければいけない。だから、噂が熟成して、とか、だんだんと広まっていく、なんてことはないのだ。

だから、僕はこう思う。誰かが意図的に、再び噂を流したのだと。

「七不思議の紙ふぶきは、厳密に言えば、完成したのは少し前ですよね。篠丸先輩、あなたが噂をまわして完成させたんです」

篠丸先輩は何も言わず、どういう表情を浮かべていいのか迷っている様子だった。

「どうして、そんなことする必要があるの？」

「篠丸先輩は、これを誰かに届けるために入れたんじゃないんでしょうか。……例えば、回収係の人とか」

もちろん、確実ではない。というか、ほぼ、届かない。そしてそれが大事だ。

「もう一度聞きますね。……篠丸先輩、好きな人、いますか？」

「だから、いないよ」

さきほどよりも、言葉に覇気がない。しかし、嘘をついているとまでは言えなかった。

嘘が看破された気まずさから覇気がなくなっただけかもしれない。

先輩は、好きな人ができた。しかし、その人が自分の方を向いていないことは分かっていた。しかも、ライバルもいる。全てを差し出してしまう篠丸先輩は、自分の気持ちなんて伝えることができるはずもなかった。

だけど、自分の制御している心から零《こぼ》れ落ちた一粒の気持ちが、無意識下で行動に出た。

「篠丸先輩は、何枚か同じ紙ふぶきを作った。『あなたのことが好きです』と書かれたものです。回収係の狙《ねら》いの人に、運よく拾われれば、気持ちは伝わる」

「あまりに突拍子もないことだよ」

「そうですね。これだけじゃ、足りないですよね」

「……まだ他にも何かあるの？」

　僕は頷く。

「先輩、いろんな場所に同様のラクガキがされていたって、知ってますか？」

　このとき、初めて動揺が見られた。篠丸先輩の目が、一瞬泳ぐ。

「……ラクガキ？」

「今年の学祭実行委員は、不正なくじ引きを行った。許されない行いである。……こういう内容です」

「それは、……学祭実行委員の模擬店が一番良い場所にあるから、そう思う人がいてもしょうがないけど、でも、くじ引きだからね。仕方ないよ」

「くじ引きの不正はなかったって、言いたいんですか？　今年の模擬店の配置は、明らかに意図的だと思いますけど」

「そもそも、くじ引きだよ？　不正なんて、できない」

「できますよ。くじを重さで分けて、振って沈むようにする。箱を縦長にし、くじを詰め込み、急《せ》かすことによって、手前の物しか取れなくする」

トリック自体は、早伊原の言ったもので合っている。

「そんなこと、してないよ」

さっきよりもさらに語調が弱くなっている。作業に集中しようとしているのか、テントをたたむ腕に力が籠《こも》っている。

「くじ引きのとき、一人が引くたびに箱を細かく揺らしてシャッフルさせていたのは先輩ですよ。なんでわざわざ、そんなことをしたんですか?」

細工を行った犯人は、篠丸先輩だ。そしてその細工に、僕と早伊原以外、誰も気が付かなかった。

「それは、シャッフルしてただけで、深い意味はないよ」

「そうですか。じゃあ、今はまだ仮でいいですよ。くじの不正は、一見、全体のことを考えたように思えます。来るお客さんに最大限紫風祭を楽しんでもらうための配慮だと。

……しかし、一つ矛盾がある」

それは、早伊原が言っていた。

「学祭実行委員の模擬店が、一番良い場所にあることです。先輩は、どうしてそんなことをしたんでしょう」

「…………」

篠丸先輩は、追い詰められても、何かを口走るタイプではないようだ。黙って、僕の話を聞いている。

「遠回しに、お願いされたんですよね」

「……誰に？」

「言ってしまって、いいんですか？」

僕は知っている。

「………………」

篠丸先輩は、手を完全に止め、僕に背中を向ける。

「我利坂《がりざか》智世。智世さんに、お願いされたんです」

智世さんは、地元の旧友に、浅田を彼氏として紹介したかった。そのために、できるだけ目立つ場所が良かった。だから、頼み込んで一等地を確保させたのだ。

普通、こんな無茶な頼みは断る。

——だけど、篠丸先輩は、断れなかった。それを笑顔で承諾したのが、目に浮かぶ。

「話が前後してしまいましたね。くじの不正はあった。たまたまこの模擬店の配置になったとは、やっぱり、考えられません。犯人は、篠丸先輩です。……そして、それを告発しようとしたラクガキ犯。それも、篠丸先輩です」

あのくじの不正には、誰も気が付かなかった。もしくは怪しんでも、別に良いと思う人しかいなかった。

だから、ああやって行動するのは、ただ一人。

「そうですよね？」

篠丸先輩は反応せず、僕に背中を向けたままだ。

「でも、それはおかしいことのように思えます。だって、先輩は誰にも気付かれないようにくじの不正を行った。それなのに、それを暴露しているわけですから。行動に矛盾が生じています」

しかし、良く考えればそれは矛盾でも何でもない。

「ラクガキがされている場所。それは机の脚だったり、窓の枠だったり、床と壁の狭間《はざま》だったり、そうじロッカーだったりと、とても微妙な場所ばかりにありました。まず、普通の人は気が付かないですよね。じゃあ、誰が気付くんでしょうか？」

篠丸先輩は、答えない。答えることを想定した言葉だと思わなかったのかもしれない。

だけど、僕が無言でいると、小さな声が返ってきた。

「……さあ」

その声音に、この推理へのさらなる確信を得た。畳み掛けるなら、今だ。

「気付けるのは、見回りをした人とか、掃除をした人くらいじゃないですか？」

篠丸先輩の肩が上下に揺れる。

「先輩は、くじの不正を行わざるを得なかった。そして、ラクガキで、その不正を、献身を――」

僕は息を吸い込む。

「――誰かに気付いて欲しかったんですよね？」

膨れたその思いを、どうしたらいいのか、分からなかった。

「…………」

篠丸先輩の荒い呼吸音が聞こえる。手に持っていた片付け途中の紙コップが手から滑り落ちた。篠丸先輩は、それをゆっくりと拾い上げる。

「そんなんじゃ、ないよ」

紙ふぶきに混ぜるのは、何も絵でなくても良かった。

智世さんのそんな願いなんて、本人さえもほぼ本気で頼んでいなかっただろう。

それなのに、した。

誰かに気付いてほしかった。必要のない、行き過ぎた自己犠牲までして、大げさに、自分がどれほど好きなのか、遠回しに伝えたかった。そんなことで、伝わるはずもないのに。それを自分でも分かっていながら、でも、どうしたらいいのか分からず、正しさに縛られ、その中でぐるぐると、理解できない気持ちばかりが膨れ上がった。

必死に呼吸を整えて、冷静を装《よそお》っている。折れそうだが、まだ形を保っている。僕はようやく、ヒビを一筋入れたに過ぎない。

「…………いや」

篠丸先輩が、うんざりしたように、ため息をついた。

「そうじゃないんだよ、たぶん、私は……」

独り言のように、漠然と呟《つぶや》く。

「私は、……どうして」

「……」

無自覚。これが、篠丸先輩の正体だ。自分という人間が、分かっていない。自分は何を良しとして、何が欲しいのか、何に興味があって、何を捨てたいのか。これから人生ずっと付き合っていく、自分について、篠丸先輩は知らなさすぎる。

無自覚だから、即否定できる。隠しているんじゃない。分からないのだ。

「教えてあげますよ。どうして先輩があんなことをしたのか」

篠丸先輩は、こちらを振り返る。不安げに、僕の次の言葉を待っていた。

「篠丸杏子《きょうこ》先輩。あなたは、浅田のことが好きなんです」

音もなく、彼女の頬に涙が伝った。篠丸先輩は、嗚咽《おえつ》をもらすでもなく、静かに涙を流していた。細く華奢《きゃしゃ》な体に、風格を背負って、僕の目を力なく見る。一つに結った髪が遠心力で揺れた。

「好き？」

かすれた声で、他人事《ひとごと》かのように尋ねてきた。

「そうです」

篠丸先輩は、智世さんと趣味について話していた。音楽のジャンルや、スポーツ観戦のことだ。それらが、全《すべ》て浅田の好みと全く一緒だということを、僕は知っている。

篠丸先輩は、去年、紙ふぶきの時に言っていた。

『あの二人は、学祭で仲良くなったんだ。……牧は、最初から桜庭が浅田くんのことを好きだって知ってた。……それでも仲良くしたんだ』

『情報とかの関係かな。……まあでも、分かる気がするよ。同じ相手が好きなら、どうしても放っておけないでしょ』

そういうことだ。

「好きな人なんていないよ。……あれ」

涙を流しているが、先輩は、いつもと様子が変わらない。どうして自分が泣いているのかも、自分がどういう気持ちなのかも、きっと、彼女は理解していない。

そうやって、自分を失うほど、周りを支え、犠牲になってきたのだ。

「いいえ、いますよ。浅田です。先輩は、浅田に届かせるために紙ふぶきに『好き』と書かれた紙を混ぜた。そして、智世さんの本当の性格を教えるためにラクガキをした」

「そうなの……？」

自分の行動だけど、僕に確認を求める。

「じゃあ先輩は、どうして『好き』と書かれた紙を混ぜたんですか。どうしてラクガキをしたんですか」

「………分からない」

篠丸先輩が、嗚咽を漏らし始める。だけど、やはり、悲しそうには見えない。まるで心なんてない人形か機械のように「嗚咽」という生理現象を行っている。

「先輩は、よくやりました。智世さんが、浅田のことを好きだと知り、彼女に告白の機会まで与えた。もう、いいでしょう。自分を差し出し続けるのは、やめてください」

さっきよりも多くの涙を流しながら、篠丸先輩は微笑む。

「無理してるわけじゃ、ない。……いや、無理してたのかもしれないけど、そんな自覚なんて、なかったんだよ。ただ、正しいと思って、……いや、正しいというか、当然のことと思って、それを、自然にやっていただけなんだから」

――だけど、どうしてだろう。

「分からないんだ。自分のことが……。いつも、普通に……当たり前に、していたことなのに。今回に限って、どうして……。どうして私は、こんなことをしちゃったんだろう。どうして、……」

嗚咽。涙をこすりつけるようにぬぐう。

「…………………………なんか、胸が苦しい」

あれだけ風格を持ち、異彩を放っていた先輩は、こうしてみるとただの一人の女の子だった。そしてこれが、真実の姿だ。

「先輩は今、どんな気持ちなんですか」

「……分から、ないよ」

高まる嗚咽を、必死で押さえつけようとしている。それなのに、分からない。

常に、押さえつけてきたのだろう。今までずっと、完璧《かんぺき》な自分を当然と思い、期待に応《こた》えるのに少しの躊躇もなく、全てをこなしてきた。それはどこか、早伊原に通ずる。

「我慢なんか、しなくていいんですよ。思ったことを、聞かせてください」

「……してないよ」

「しているんですよ」

「そうかな」

そうじゃなきゃ、泣いたりなんか、しない。

「……ただ、私は思うんだ」

篠丸先輩は、正しい人間だ。僕のように間違ったところはなく、いつも本心から人のためになることができる人間だ。だけど、それでも。

「智世の告白が、成功すればいいなって……」
　そう言った瞬間に、涙がぶわっと溢《あふ》れ出す。言葉と気持ちが、矛盾している。そして
その矛盾は、そう簡単に解けるものではない。
　篠丸先輩は、智世さんを悪く思いたくないのだ。そして悪く思うという選択肢すら心
が持っていない。誰かを嫌うということが、分からない。それは、正しくないからだ。
だから必死で、好きになろうとした。だけど、たぶん彼女は、なれなかった。そして、
それに気が付いていない。
「胸の奥が、ずきずきする……」
　智世さんを悪く思う気持ちが強くなるほど、篠丸先輩は自己矛盾に陥って行った。認
められない、知らない気持ちが溢れる。だけどそれに対してどう接していいか分からな
い。だから、智世さんのために全てを差し出した。
　自分が自分のことを好きでいられるように。自分が、良い先輩でいられるように。自
分が、正しくいられるように。
「先輩、今からでも、まだ間に合いますよ。屋上に、行きましょう」
「嫌だよ。……そんなこと、したくない。できないよ……。智世が告白するんだから」
　でも、何もしないこの状態も、息が止まるほど苦しい。
「先輩は……、正しい。とてつもなく、正しい。痛々しいほど、正しいです。だけどそ

れは、正しいだけなんですよ。人は、たぶん、誰もが、正しいだけじゃ生きていけないんです」

そして篠丸先輩は、間違っている自分というものが、受け入れられない。何よりも、自分が汚《けが》れてしまうことが嫌なのだ。

どんなに大切なものでも、それを捧《ささ》げ、何も思わない。それが正しいからだ。自分を汚さない方法だからだ。

会長は、『何も見返りを求めずに差し出すことが平気な人がいる』と言った。きっと、篠丸先輩はそうなのだろう。自己犠牲で苦しくなる僕とは違う。

――だけど。

譲れないものだって、ある。

しかし、篠丸先輩の中で、それを譲らないという行動がインプットされていなかった。誰かが喜ぶなら、それは当然差し出すものだと、それに対する心さえ失っていた。今回が特別なのだと、気付けなかった。

だから、篠丸先輩の行動には不可解な部分が多かった。噂を流したり、ラクガキをしたりした。篠丸先輩は苦しみ、自分のコントロールできない意味不明な感情に困惑したはずだ。

篠丸先輩の辛さを、なかったことにしてはいけない。

だから僕は、ここにいる。

「……先輩の気持ちは、分かりますよ」

僕も、何の見返りも求めず辛さもなく差し出せる人になろうと、自己犠牲をしてみた。しかし、あの理不尽を続けることは常人には耐えられない。あそこまでの献身は、優しさではない。神が人間に与える平等な愛のような、そんな、愛他だ。

それができる篠丸先輩を、僕は、誰よりも救いたかった。

「そうかな？　自分でも良く分からないのに、矢斗くんが、分かるの？」

先輩が涙声で言う。

「分かるはずです。一生懸命、先輩のこと、見てきましたから」

先輩は、涙ながらに笑った。

――。

その時、突如として爆発音が空に響いた。咄嗟《とっさ》に空を見上げると、花火が上がっていた。もうそんな時間だったか。キャンプファイヤーは終わったようだ。

合わない収支は、この花火のためだ。

距離は近いが、離れている。おそらく五百メートルほど先だろう。花火が次々と打ち上がる。どれもが花火大会で見るものより一回り小さいが、迫力は十分だった。

教師の許可を取っていない。怒られるのは篠丸先輩、そして太ヶ原先輩だ。太ヶ原先輩は、篠丸先輩の命を受けて花火の打ち上げのことを任されていたのだ。打ち上げはもちろんプロが行うが、緊急時の対応などで、一人は現場に生徒を置いておきたかったのだろう。

それでも彼女は、皆が喜べばそれでいいと、きっと笑顔で言うのだろう。そして、心の奥深くに、処理できない黒い塊を、蓄積し続けるのだろう。

「ああ……」

この花火が良く見える場所が、屋上だった。そして篠丸先輩は浅田と智世さんを屋上に誘導していた。二人は、青春の時を過ごしている。それは、篠丸先輩が心から欲しかったものだ。

もう二度と、この時は戻って来ない。

「今頃……、二人は、どうしてるかな……。ちゃんと、楽しんでくれてれば……」

篠丸先輩が、涙で声を詰まらせる。その正しい言葉は、誰よりも自分を傷付ける。

気付けば、僕の目にも涙が浮かぶ。空に咲いた花が、先輩の涙を輝かせる、

「間違ってたって、いいんです。自分の中に、間違った部分があるということを、認めてください……。先輩は、後輩の告白を素直に応援できない人間なんです。皆の笑顔よりも自分が笑顔になりたいんです。そして、全員がそうなんですよ。……先輩が思っている正しい人間なんて、誰かが作り出した理想像なんです。それこそ、人間として、間

違っている」

篠丸先輩がうつむいて、あきらめたように笑った。

「私は……。そんなに醜い人なんだ……」

「醜くなんてないです！」

叫ばないと、花火で自分の声が届かない。

「僕は、きっと心が貧しい人間です！　だから、その人がただその人であるというだけで好きになってもらえるだなんて、そんなことは言いません。でも、篠丸先輩は、正しくあろうとした。それは、皆の心を惹《ひ》きつけます。尊敬します。憧《あこが》れます。その実、どうであったとしても、それを目指そうと思ったこと自体に、価値があります！　そんな先輩と、ずっと一緒にいたいと、そう思います。隣で見守りたいと、話しかけてしまったりするはずです……！」

どこかの誰かがそうであったように。

篠丸先輩を嫌いだなんて、そんなこと、言わせない。こんなに清らかで気高くて優しい人が、他にどこにいるだろうか。

「そうだとして、もう……遅いよ。終わっちゃったからね。紫風祭は、もう終わっちゃったんだよ」

取り返しのつくことなんて、一つもない。人生はいつだって取り返しがつかない。

「……まだですよ」

何をしても、過ぎ去った時は戻ってこない。してしまったことは、元には戻らない。過去として、永遠に残り続ける。

「先輩、最後です。……先輩は、好きな人、いるんですか？」

「…………」

長い沈黙の後、篠丸先輩は、泣きながら、こくりと、一度頭を縦に振った。

「……誰ですか？」

「たぶんね……、浅田、くん……。浅田くんが、好きだよ……」

「どんなところが、好きなんですか」

「分からない……理由なんて、こっちが知りたいよ……」

それでいい。

胸が痛む。先輩のところに駆け寄って、慰めたいと思う。隣にいたいと思う。だけど、それは僕の役目じゃない。

もう、僕はここまでだろう。

僕は悪戯《いたずら》っぽく、全ての種明かしを呟いた。

「……だってよ、浅田」

マントを脱ぐ。僕の背後にはずっと一人の人物が隠れていた。マントの中に入れてから、篠丸先輩に会いに来たのだ。

篠丸先輩は、浅田を見て、目を見開く。あまりにショックが大きいからだろうか、涙が止まっていた。

浅田はどこか照れたように笑い、頭を掻《か》いてから、僕の背中を優しく叩《たた》いた。

「お疲れ。後は任せてくれ」

「……ああ」

僕の役目はここで終わりだ。浅田が篠丸先輩に向かって歩いて行く。僕はすぐに踵《きびす》を返して、空気を震わせる花火の音を聞きながら、その模様を思い浮かべた。

エピローグ

ばちん、と頬に衝撃が走る。それは姉にはたかれたような、手加減があるものではなかった。僕はあまりの衝撃にその場でよろめく。

「私に、変な恥かかせないでよ」

暗くなった教室で、その言葉が僕に届けられる。智世《ともよ》さんは、普段では絶対に見せない表情で僕を睨《にら》んでいた。

「信じられない。本当に……」

浅田は、智世さんが自分のことを好きだと知っていた。それは智世さんも想定内だったろうし、それを狙《ねら》っている節もあった。だが、智世さんは告白をずっとしなかった。

浅田は、その智世さんの気持ちに向かい合う機会が与えられなかったのだ。

今回、その智世さんの気持ちに、僕は半ば決着をつけさせることになった。

まず僕は浅田の元に行き、智世さんがシフトを改竄《かいざん》したこと、そして篠丸《しのまる》先輩のやったことの全《すべ》てを話した。そして頭を下げ、どうか篠丸先輩の話を聞いてあげて欲しいとお願いしたのだった。こういう話をすること自体、結局これは説得で、僕は篠丸先輩の味方をしたいだけなのだとも言った。

それを受けて、浅田は、智世さんと屋上に行くことをやめにしたのだ。

そしてそのことを、僕は今、全て包み隠さずに智世さんに話した。

「あんたが変な事、浅田くんに吹きこまなければ、屋上で一緒にいられたの！　一緒に花火見られたんだよ！　友達に話せもした！」

これが、僕が出来うる最良の形だった。やり方の工夫だった。

最初に全てを暴露してしまう。これは邪魔される危険を孕《はら》んでいるし、止めようと思えばいつでも智世さんは止めることができた。だけど、だからこそ、それでいいと思った。

僕は、智世さんより篠丸先輩の味方をしたかった。それが、僕の気持ちだ。正しいだとか間違いだとか、そういう概念を抜きにした、正直な気持ちだ。

だから僕は、それに従うことにした。

自分の気持ちを正直に、真正面から向かい合って伝える。それは悪意も含めてだ。それこそが、納得のいく、一番後悔の少ないやり方だと思った。

「矢斗《やと》のくせに、何してくれてんの……！」

そう言って、智世さんは教室から去って行き、僕は篠丸先輩の元へ、浅田をマントに隠して行った。

＊＊＊

僕は頰をさすする。篠丸先輩の元へ行く前よりは、随分良くなっている。この痛みは、僕が当然に受けるべきものだった。今は閉会式をやっているのだろう。屋上からさきほどまで僕らがいた模擬店付近を見る。

そこにはもう、篠丸先輩も、浅田もいなかった。二人はどうなったのだろうか。

「先輩。後は二人に任せるんじゃなかったんですか」

背後から声が聞こえてくる。振り返ると、早伊原《さいばら》がひょっこりと屋上の入口から姿を現した。僕の隣に来る。

「そうだな。……つい気になっちゃって」

「どうなったんでしょうね、あの後」

「さあ。それこそ、僕には関係ないことだな」

よく考えれば、篠丸先輩は閉会宣言を行わなければならないから、下にいるはずもなかった。

紫風祭は終わった。明日の午前を使って片付けがなされる。だから一晩は、全てこのままだ。来ると思っていた紫風祭は、いつの間にか終わっていた。一体この一日の間に、どれだけの青春があったのだろうか。

「うわ、先輩、頬真っ赤ですよ。あの時、痛そうな音してましたもんね」

「聞いてたのか」

「掃除ロッカーにいました」

「あ、そう。……まあ、これも青春ってことで」

そう言って僕はにやりと笑う。早伊原はそれに答えるように口角をつり上げた。

「なんだか先輩がフられたみたいで、ちょっと面白いですね」

「当事者は全く面白くない」

今回、僕はこの行動をするにあたって、早伊原の力を大いに借りた。まず、僕の推理を全て早伊原に話し、それが果たして正しいのかどうか検証してもらった。早伊原が集めた情報と、僕の推理は一致していた。僕は自分の推理に確信を持つことができた。

「――先輩」

早伊原は僕に向き直り、真剣な表情を浮かべた。僕はそれを一瞥《いちべつ》するだけに留め、引き続きぼうっと視線を正門前の模擬店に落とし続けていた。

「今回のことは、先輩にしては良かったと思います」

「随分上から目線なんだな」

僕はいつものようにふざけた調子で言うが、早伊原はそれに乗っては来なかった。

「でも、先輩。全部を話す必要なんて、なかったんですよ。それはお互い傷付くことにしかなりません。無駄な争いを生むだけです。……何より、先輩の保身ができないでしょう」

少し意外だった。早伊原が僕を心配してくれている。しかし、早伊原に言わせれば、こういった言葉も、偽善なのだろう。

「いいんだよ。これが僕の納得のいくやり方だ。僕は智世さんより篠丸先輩を選んだ。そしてそれを言ったまでだ」

「……先輩は、それで、篠丸先輩のためになったと思っているかもしれません。でも、それだって、偽善なんですよ。先輩がやりたいからやっただけです」

「篠丸先輩のために、か」

確かにそう思う部分はあるだろう。篠丸先輩の味方をしたい、そういう思いがあって行動したのだから、篠丸先輩のために行動するのは当然だ。だけど、僕がやりたいからやった、というのと、それは同義だとも思う。

「本当に、誰かのために何かをできるなんて、思わない方がいいです」

「…………」

「じゃないと、いつか痛い目を見ますよ」

早伊原樹里《じゅり》。

僕は彼女のことを何も知らない。今でも、意外だ、と思うことばかりだ。おそらく、早伊原は僕のことをほとんど理解している。それは僕の過去を知っているからだ。

「僕は、全てを偽善だなんて思っていない。だから、篠丸先輩のことを不気味に思ったりしないいし、君が言っている、痛い目、というのが想像できない」

ここで僕は早伊原に向かい合い、彼女の目を見つめる。

「——早伊原、君は何かそれで、痛い目にあったことでもあるのか」

早伊原は視線を一瞬だけ外す。それは早伊原にしては大きな、目に見える動揺だった。

早伊原は何だかんだ、僕を助けてくれる。

今まで僕は、早伊原を、ただのミステリ好きな口の悪い後輩だと思っていた。

しかし、その認識を、改めなければならないのかもしれない。だって、僕は早伊原のことを知らないのだから。

そして今、僕は早伊原のことを知りたいと思っている。

君がどうして、真っ当な青春を「クソみたいな青春」だと斬《き》り捨てるのか。どうしてミステリを愛しているのか。家で姉とはどんな会話をしているのか。中学時代はどんな風に過ごしていたのか。なんで全てを偽善だと言い張るのか——。

僕はまだ、早伊原の謎《なぞ》を解いてはいない。そして彼女は、簡単には解かせてはくれないだろう。

「先輩、もしかして、私に勝てるとか思ってますか？」

「君こそ、僕に勝てると思ってるのか？」

早伊原は悪魔の微笑《ほほえ》みを浮かべて、僕はそれに答える。

「いいですよ、いつでもかかってきてください」

「そのつもりだ」

そう言いつつも、彼女の隙《すき》を見つけるのは難しいと思っていた。

でも、どこか確信めいたものがある。

早伊原の推理力は本物だ。

推理とは、気付きだ。人を良くみて、想像し、先を見据えることだ。それは、誰かの気持ちに寄り添うことに他ならない。

推理力とはつまり、思いやりなのだ。

そこまで真剣に人の気持ちを考え続けている早伊原は、多分、僕が今持っている彼女のイメージとは異なる。

「先輩は結構抜けてますからね」

早伊原が微笑む。

「君こそ型にはまった推理ばかりするだろ」

早伊原の謎を解けるのは、きっと僕しかいないだろう。その傲慢《ごうまん》と言えそうな自信は、早伊原が僕と一緒にいることから湧《わ》いてくるものだった。

早伊原の横顔を見ながら、会長が「妹をお願いね」と言った時のことを思い出していた。

本書は新潮文庫のために書き下ろされた。

瀬川コウ著

謎好き乙女と奪われた青春

恋愛、友情、部活? なんですかそれ。クソみたいな青春ですね——。謎好き少女と「僕」が織りなす、新しい形の青春ミステリ。

河野裕著

いなくなれ、群青

11月19日午前6時42分、僕は彼女に再会した。あるはずのない出会いが平坦な高校生活を一変させる。心を穿つ新時代の青春ミステリ。

河野裕著

その白さえ嘘だとしても

クリスマスイヴ、階段島を事件が襲う——。そして明かされる驚愕の真実。『いなくなれ、群青』に続く、心を穿つ青春ミステリ。

竹宮ゆゆこ著

知らない映画のサントラを聴く

錦戸枇杷。23歳(かわいそうな人)。そんな私に訪れたコレは、果たして恋か、贖罪か。無職女×コスプレ男子の圧倒的恋愛小説。

島田荘司著

ロシア幽霊軍艦事件
—名探偵 御手洗潔—

箱根・芦ノ湖にロシア軍艦が突如現れ、一夜で消えた。そこに隠されたロマノフ朝の謎……。御手洗潔が解き明かす世紀のミステリー。

朝井リョウ・飛鳥井千砂・越谷オサム・坂木司・徳永圭・似鳥鶏・三上延・吉川トリコ著

この部屋で君と

腐れ縁の恋人同士、傷心の青年と幼い少女、妖怪と僕!? さまざまなシチュエーションで何かが起きるひとつ屋根の下《ふたりぐらし》アンソロジー。

知念実希人著

天久鷹央の推理カルテ

お前の病気《ナゾ》、私が診断してやろう——。河童、人魂、処女受胎。そんな事件に隠された〝病〟とは？　新感覚メディカル・ミステリー。

知念実希人著

天久鷹央の推理カルテⅡ
—ファントムの病棟—

毒入り飲料殺人。病棟の吸血鬼。舞い降りる天使。事件の〝犯人〟は、あの〝病気〟……？　新感覚メディカル・ミステリー第2弾。

知念実希人著

天久鷹央の推理カルテⅢ
—密室のパラノイア—

呪いの動画？　密室での溺死？　謎めく事件の裏には意外な〝病〟が！　天才女医が解決する新感覚メディカル・ミステリー第3弾。

米澤穂信著

ボトルネック

自分が「生まれなかった世界」にスリップした僕。そこには死んだはずの「彼女」が生きていた。青春ミステリの新旗手が放つ衝撃作。

米澤穂信著

儚い羊たちの祝宴

優雅な読書サークル「バベルの会」にリンクして起こる、邪悪な5つの事件。恐るべき真相はラストの1行に。衝撃の暗黒ミステリ。

米澤穂信著

リカーシブル

この町は、おかしい——。高速道路の誘致運動。町に残る伝承。そして、弟の予知と事件。十代の切なさと成長を描く青春ミステリ。

伊坂幸太郎著
オーデュボンの祈り

卓越したイメージ喚起力、洒脱な会話、気の利いた警句、抑えようのない才気がほとばしる！　伝説のデビュー作、待望の文庫化！

伊坂幸太郎著
重力ピエロ

ルールは越えられるか、世界は変えられるか。未知の感動をたたえて、発表時より読書界を圧倒した記念碑的名作、待望の文庫化！

伊坂幸太郎著
砂漠

未熟さに悩み、過剰さを持て余し、それでも何かを求め、手探りで進もうとする青春時代。二度とない季節の光と闇を描く長編小説。

伊坂幸太郎著
あるキング
―完全版―

本当の「天才」が現れたとき、人は〝それ〟をどう受け取るのか――。一人の超人的野球選手を通じて描かれる、運命の寓話。

伊坂幸太郎著
3652
―伊坂幸太郎エッセイ集―

愛する小説。苦手なスピーチ。憧れのヒーロー。15年間の「小説以外」を収録した初のエッセイ集。裏話満載のインタビュー脚注つき。

伊坂幸太郎著
ジャイロスコープ

「助言あり〼《ます》」の看板を掲げる謎の相談屋。バスジャック事件の〝もし、あの時……〟。書下ろし短編収録の文庫オリジナル作品集！

E★エブリスタ estar.jp

「E★エブリスタ」(呼称：エブリスタ)は、
日本最大級の小説・コミック投稿コミュニティです。

E★エブリスタ 3つのポイント

1. 小説・コミックなど200万以上の投稿作品が読める！
2. 書籍化作品も続々登場中！話題の作品をどこよりも早く読める！
3. あなたも気軽に投稿できる！

小説・コミック投稿コミュニティ E★エブリスタ
(携帯電話・スマートフォン・PCから)

http://estar.jp 携帯・スマートフォンから簡単アクセス！

謎好き乙女と奪われた青春
原作もE★エブリスタで読めます！

スマートフォン向け「E★エブリスタ」アプリ

docomo
ドコモdメニュー ➡ サービス一覧 ➡ 楽しむ ➡ E★エブリスタ

Android
Google Play ➡ 検索「エブリスタ」➡ 書籍・コミック E★エブリスタ

iPhone
App store ➡ 検索「エブリスタ」➡ 書籍・コミック E★エブリスタ

瀬川コウ の新作は E★エブリスタで公開中！

瀬川コウ のページ

デザイン　川谷康久（川谷デザイン）

謎《なぞ》好《ず》き乙女《おとめ》と壊《こわ》れた正義《せいぎ》

新潮文庫　せ－17－2

平成二十七年九月一日発行

著者　瀬《せ》川《がわ》コウ

発行者　佐藤隆信

発行所　株式会社 新潮社

郵便番号　一六二—八七一一
東京都新宿区矢来町七一
電話 編集部(〇三)三二六六—五四四〇
　　 読者係(〇三)三二六六—五一一一
http://www.shinchosha.co.jp

価格はカバーに表示してあります。

乱丁・落丁本は、ご面倒ですが小社読者係宛ご送付ください。送料小社負担にてお取替えいたします。

印刷・錦明印刷株式会社　製本・錦明印刷株式会社
© Kou Segawa 2015 Printed in Japan

ISBN978-4-10-180045-5 C0193